半是现实，一半是梦想

中国近现代励志散文

朱自清　郁达夫等／著
言心／编

中华工商联合出版社

图书在版编目(CIP)数据

一半是现实，一半是梦想：中国近现代励志散文 / 朱自清等著；言心编. -- 北京：中华工商联合出版社，2019.2（2023.7重印）

ISBN 978-7-5158-2456-7

Ⅰ.①一… Ⅱ.①朱… ②言… Ⅲ.①散文集-中国-现代 Ⅳ.①I266

中国版本图书馆CIP数据核字（2019）第011934号

一半是现实，一半是梦想：中国近现代励志散文

作　　者：朱自清　郁达夫等
编　　者：言　心
责任编辑：崔红亮
封面设计：周　源
责任审读：魏鸿鸣
责任印制：迈致红
营销总监：姜　越
营销企划：王赫然
营销推广：王　静
出版发行：中华工商联合出版社有限责任公司
印　　刷：三河市燕春印务有限公司
版　　次：2019年5月第1版
印　　次：2023年7月第3次印刷
开　　本：710mm×1020mm　1/16
字　　数：200千字
印　　张：16
书　　号：ISBN 978-7-5158-2456-7
定　　价：39.00元

服务热线：010-58301130
销售热线：010-58302813
地址邮编：北京市西城区西环广场A座
19-20层，100044
http://www.chgslcbs.cn
E-mail: cicap1202@sina.com(营销中心)
E-mail: gslzbs@sina.com(总编室)

前 言

梦想与现实，是一个永恒的话题。

梦想与现实，一个如帆，一个如船，无船则不立，无帆则不行。

梦想与现实，一个在彼岸，一个在此岸，两岸中间隔着波涛汹涌的江水，若想到达彼岸，唯有破釜沉舟的勇气和激流勇进的决心。

现实是坚固的堡垒，是人本分的灵魂，也可能是最不愿面对的残忍。但不管如何，它都是我们仰望梦想星空时唯一的立足点，也是我们追逐梦想时出发的路。当我们不能正视脚下，我们也必然无法仰视苍穹。

梦想是开放在现实冰冷土壤上的一朵绝美的花，它代表了人类本身所有的希冀与渴望。众所周知，追逐梦想的道路必然荆棘满径，但须知，若没有残酷，何来勇气？若没有梦想，何谈超越？

本书选取了中国近现代名家的励志散文，有怀旧、有深思、有憧憬，亦有欢乐，在写景言物中，又将作者想要表达的主题展现了出来。比如，朱自清以清雅凝练、朴实无华、真挚细腻的文字，书写了一个忠厚且笃实的平凡人的日常生活状态。鲁迅弃医从文，以笔为戈，用辛辣干脆的文字，痛斥黑暗的社会，剖析和批判人性之弱点，并对青年给予了激励，寄予厚望……他们的文章都带有鲜明的时代印记，而随着时间的推移和岁月沉淀，逐渐成为经典之作，后人亦能常读而常新。

本书所选的励志散文，适合青少年阅读，旨在让读者能以文字为桥梁，走近和了解这些大家，向他们学习。同时，通过阅读，也可以积淀知识，开阔眼界，在逐梦的路上勇往直前，最终抵达梦想的高峰。

目 录

CONTENTS

现实是梦想的基石

梦想是现实的升华

现实是梦想的基石

人如扁舟，
漫游在生命的大海上，
现实是帆，
梦想是鼓帆的风。
因为有风，
帆得以舞动；
因为有帆，
风才能飞扬。

梁启超（1873—1929），字卓如，号任公、饮冰子，广东新会人。晚清政治家、文学家。著有《饮冰室合集》。

与严幼陵先生书

◇梁启超

世卿之为多君也，人恒昧之。其实其理至易明。

幼陵先生：二月间读赐书二十一纸，循环往复诵十数过，不忍释手，甚为感佩，乃至不可思议。今而知天下之爱我者，舍父师之外，无如严先生；天下之知我而能教我者，舍父师之外，无如严先生。得书即思作报，而终日冗迫，欲陈万端，必得半日之力始罄所怀，是以迟迟，非敢慢也。

承规各节，字字金玉。数月以来，耳目所接，无非谀词，贡高之气，日渐增长，非有先生之言，则启超堕落之期益近矣。启超于学，本未尝有所颛心肆力，但凭耳食，稍有积累，性喜论议，信口辄谈，每或操觚，已多窒阂。当《时务报》初出之第一二次也，心犹矜持而笔不欲妄下。数月以后，誉者渐多，而渐忘其本来。又日困于宾客，每为一文，则必匆迫草率，稿尚未脱，已付钞胥，非直无悉心审定之时，并且无再三经目之事。非不自知其不可，而潦草塞责，亦几不免。又常自恕，以为此不过报章信口之谈，并非著述，虽复有失，靡关本原。虽然，就今日而自观前此之文，其欲有所更端者，盖不啻数十百事矣。先生谓，苟所学自今以往继续光明，则视今之言必多可悔。呜呼，何其与启超今日之隐念相合也！然启超常持一论，谓凡任天下事者，宜自求为陈胜、吴广，无自求为汉高，则百事可办。故创此报之意，亦不过为椎轮，为土阶，为天下驱除难，以俟继起者之发挥光大之。故以为天下古今之人之失言者多矣，吾言虽过当，亦不过居无量数失言之人之一，故每妄发而不自择也。先生谓毫厘之差，流入众生识田，将成千里之谬。得无视启超过重，而视众生太轻耶？以魂魄属大小囟之论，闻诸穗卿；拉丁文一年有成之言，闻诸眉叔。至今自思魂魄之论，觉有不安，而欧、印性理之学，皆未厝治，未能豁然。拉丁文之说，再质之眉叔，固亦谓其不若是之易也。此亦先生所谓示人以可歆，而反为人所借口者矣。

变法之难，先生所谓一思变甲，即须变乙，至欲变乙，又须变丙，数语尽之。启超于此义，亦颇深知，然笔舌之间无可如何，故诸论所言亦恒自解脱。当其论此事也，每云必此事先办，然后他事可办；及其论彼事也，又云必彼事先办，然后余事可办。比而观之，固已矛盾，而其实互为先后，迭相循环，百举毕兴，而后一业可就。其指事责效之论，抚以自问，亦自笑其欺人矣。然总自持其前者椎轮、土阶之言，因不复自束，徒纵其笔端之所至，以求振动已冻之脑官，故习焉于自欺而不觉也。先生以觉世之责相督，非所敢承。既承明教，此后敢益加矜慎，求副盛意耳。

《古议院考》乃数年前读史时偶有札记，游戏之作，彼时归粤，倚装匆匆，不能作文，故以此塞责。实则启超生平最恶人引中国古事以证西政，谓彼之所长，皆我所有。此实吾国虚骄之结习，初不欲蹈之，然在报中为中等人说法，又往往自不免。得先生此论以权为断，因证中国历古之无是物，益自知其说之讹谬矣。然又有疑者，先生谓黄种之所以衰，虽千因万缘，皆可归狱于君主，此诚悬之日月不刊之言矣。顾以为中国历古无民主，而西国有之，启超颇不谓然。西史谓民主之局，起于希腊、罗马，启超以为彼之世非民主也。若以彼为民主也，则吾中国古时亦可谓有民主也。《春秋》之言治也有三世：曰据乱，曰升平，曰太平。启超常谓，据乱之世则多君为政，升平之世则一君为政，太平之世则民为政。凡世界，必由据乱而升平，而太平；故其政也，必先多君而一君，而无君。多君复有二种：一曰封建，二曰世卿，故其政无论自天子出，自诸侯出，自大夫出，陪臣执国命，而皆可谓之多君之世（古人自士以上皆称君）。

封建之为多君也，人多知之；世卿之为多君也，人恒昧之。其实其理至易明。世卿之俗，必分人为数等，一切事权皆操之上等人，其下等人终身累世为奴隶，上等之与下等，不通婚姻，不交语，不并坐，故其等永不相乱，而其事权永不相越。以启超所闻，希腊、罗马昔有之议政院，则皆王族世爵主其事。其为法也，国中之人可以举议员者，无几辈焉；可以任议员者，益无几辈焉。惟此数贵族展转代兴，父子兄弟世居要津，相继相及耳。至于蚩蚩之氓，岂直不能与闻国事，彼其待之且将不以人类。彼其政也，不过如鲁之三桓，晋之六卿，郑之七穆，楚之屈、景，故其权恒不在君而在得政之人。后之世家不察，以为是实民权，夫彼民则何权欤？周厉无道，流之于彘而共和执政。国朝入关以前，太宗与七贝勒朝会燕飨皆并坐，饷械掳掠皆并分，谓之八公。此等事谓之君权欤，则君之权诚不能专也；谓之民权欤，则民权究何在也？故启超以为此皆多君之世，去民主尚隔两层，此似与先生议院在权之论复相应，先生以为何如？地学家言土中层累，皆有一定，不闻花岗石之下有物迹层，不闻飞鼍大鸟世界以前复有人类。惟政亦尔，既有民权以后，不应改有君权。故民主之局，乃地球万国古来所未有，不独中国也。西人百年以来，民气大伸，遂尔浡兴。中国苟自今日昌明斯义，则数十年其强亦与西国同，在此百年内进于文明耳。故就今日视之，则泰西与支那诚有天渊之异，其实只有先后，并无低昂，而此先后之差，自地球视之，犹旦暮也。地球既入文明之运，则蒸蒸相逼，不得不变，不特中国民权之说即当大行，即各地土番野猺亦当丕变，其不变者，即澌灭以至于尽，此又不易之理也。南海先生尝言，地球文明之运，今始萌芽耳。譬之有文明百分，今则中国仅有一二分，而西人已有八九分，故常觉其相去甚远，其实西人之治亦犹未也。然则先生进种之说至矣，匪直黄种当求进也，即白种亦当求进也。先生又谓何如？

来书又谓教不可保，而亦不必保。又曰保教而进，则又非所保之本教矣。读至此，则据案狂叫语人曰："不意数千年闷胡C葫C芦，被此老一言揭破！"不服先生之能言之，而服先生之敢言之也。国之一统未定，群疑并起，天下多才士；既已定鼎，则黔首戢戢受治，薾然无人才矣。教之一尊未定，百家并作，天下多学术；既已立教，则士人之心思才力，皆为教旨所束缚，不敢作他想，窒闭无新学矣。故庄子束教之言，天下之公言也。此义也，启超习与同志数人私言之，而未敢昌言之，若其著论之间，每为一尊之言者，则区区之意又有在焉。

国之强弱悉推原于民主，民主斯固然矣。君主者何？私而已矣。民主者何？公而已矣。然公固为人治之极则，私亦为人类所由存。譬之禁攻、寝兵，公理也；而秦桧之议和，不得不谓之误国。视人如己，公理也；而赫德之定税则，不能不谓之欺君。《天演论》云："克己太深，而自营尽泯者，其群亦未尝不败。"然则公私之不可偏用，亦物理之无如何者矣！

今之论且无遽及此，但中国今日民智极塞，民情极涣，将欲通之，必先合之；合之之术，必择众人目光心力所最趋注者，而举之以为的，则可合；既合之矣，然后因而旁及于所举之的之外，以渐而大，则人易信而事易成。譬犹民主，固救时之善图也，然今日民义未讲，则无宁先借君权以转移之，彼言教者，其意亦若是而已。此意先生谓可行否？抑不如散其藩篱之所合为尤广也。此两义互起灭于胸中者久矣，请先生为我决之。南海先生读大著后，亦谓眼中未见此等人。如穗卿，言倾佩至不可言喻。惟于择种留良之论，不全以尊说为然，其术亦微异也。书中之言，启超等昔尝有所闻于南海而未能尽。南海曰："若等无诧为新理，西人治此学者，不知几何家几何年矣。"及得尊著，喜幸无量。启超所闻于南海有出此书之外者，约有二事：一为出世之事，一为略依此书之义而演为条理颇繁密之事。南海亦曰："此必西人之所已言也。"

顷得穗卿书，言先生谓斯宾塞尔之学，视此书尤有进。闻之益垂涎不能自制，先生盍怜而饷之。

以上所复各节，词气之间有似饰非者，有似愎谏者，实则启超于先生爱之敬之，故有所疑辄欲贡之以自决，不惟非自是之言，抑且非自辨之言也。对灯展纸，意之所及，即拉杂书之。未尝属稿，故不觉言之长，恐有措语不善，类于龂龂致辨也者，不复省察，以负先生厚意，知我爱我如先生，其亦必不以其见疑也。侪辈之中，见有浏阳谭君复生者，其慧不让穗卿，而力过之，真异才也！著《仁学》三卷，仅见其上卷，已为中国旧学所无矣。此君前年在都与穗卿同识之，彼时觉无以异于常人，近则深有得于佛学，一日千里，不可量也。并以奉告。启超近为《说群》一篇，未成，将印之《知新报》中，实引申诸君子之言，俾涉招众生有所入耳。本拟呈先生改定乃付印，顷彼中督索甚急，遂以寄之。其有谬误，请先生他日具有以教之也。又来书谓时务诸论，有与尊意不相比附者尚多，伏乞仍有以详教。

鲁迅（1881—1936），浙江绍兴人。现代思想家、文学家。著有短篇小说集《呐喊》《彷徨》，散文集《野草》等。

从百草园到三味书屋

◇鲁　迅

我家的后面有一个很大的园，相传叫作百草园。

我家的后面有一个很大的园，相传叫作百草园。现在是早已并屋子一起卖给朱文公的子孙了，连那最末次的相见也已经隔了七八年，其中似乎确凿只有一些野草；但那时却是我的乐园。

不必说碧绿的菜畦，光滑的石井栏，高大的皂荚树，紫红的桑葚；也不必说鸣蝉在树叶里长吟，肥胖的黄蜂伏在菜花上，轻捷的叫天子（云雀）忽然从草间直窜向云霄里去了。单是周围的短短的泥墙根一带，就有无限趣味。油蛉在这里低唱，蟋蟀们在这里弹琴。翻开断砖来，有时会遇见蜈蚣；还有斑蝥，倘若用手指按住它的脊梁，便会啪的一声，从后窍喷出一阵烟雾。何首乌藤和木莲藤缠绕着，木莲有莲房一般的果实，何首乌有臃肿的根。有人说，何首乌根是有像人形的，吃了便可以成仙，我于是常常拔它起来，牵连不断地拔起来，也曾因此弄坏了泥墙，却从来没有见过有一块根像人样。如果不怕刺，还可以摘到覆盆子，像小珊瑚珠攒成的小球，又酸又甜，色味都比桑葚要好得远。

长的草里是不去的，因为相传这园里有一条很大的赤练蛇。

长妈妈曾经讲给我一个故事听：先前，有一个读书人住在古庙里用功，晚间，在院子里纳凉的时候，突然听到有人在叫他。答应着，四面看时，却见一个美女的脸露在墙头上，向他一笑，隐去了。他很高兴；但竟给那走来夜谈的老和尚识破了机关。说他脸上有些妖气，一定遇见"美女蛇"了；这是人首蛇身的怪物，能唤人名，倘一答应，夜间便要来吃这人的肉的。他自然吓得要死，而那老和尚却道无妨。给他一个小盒子，说只要放在枕边，便可高枕而卧。他虽然照样办，却总是睡不着，——当然睡不着的。到半夜，果然来了，沙沙沙！门外像是风雨声。他正抖作一团时，却听得豁的一声，一道金光从枕边飞出，外面便什么声音也没有了，那金光也就飞回来，敛在盒子里。后来呢？后来，老和尚说，这是飞蜈蚣，它能吸蛇的脑髓，美女蛇就被它治死了。

结末的教训是：所以倘有陌生的声音叫你的名字，你万不可答应他。

这故事很使我觉得做人之险，夏夜乘凉，往往有些担心，不敢去看墙上，而且极想得到一盒老和尚那样的飞蜈蚣。走到百草园的草丛旁边时，也常常这样想。但直到现在，总还没有得到，但也没有遇见过赤练蛇和美女蛇。叫我名字的陌生声音自然是常有的，然而都不是美女蛇。

冬天的百草园比较的无味；雪一下，可就两样了。拍雪人（将自己的全形印在雪上）和塑雪罗汉需要人们鉴赏，这是荒园，人迹罕至，所以不相宜，只好来捕鸟。薄薄的雪，是不行的，总须积雪盖了地面一两天，鸟雀们久已无处觅食的时候才好。扫开一块雪，露出地面，用一枝短棒支起一面大的竹筛来，下面撒些秕谷，棒上系一条长绳，人远远地牵着，看鸟雀下来啄食，走到竹筛底下的时候，将绳子一拉，便罩住了。但所得的是麻雀居多，也有白颊的“张飞鸟”，性子很躁，养不过夜的。

这是闰土的父亲所传授的方法，我却不大能用。明明见它们进去了，拉了绳，跑去一看，却什么都没有，费了半天力，捉住的不过三四只。闰土的父亲是小半天便能捕获几十只，装在叉袋里叫着撞着的。我曾经问他得失的缘由，他只静静地笑道：你太性急，来不及等它走到中间去。

我不知道为什么家里的人要将我送进书塾里去了，而且还是全城中称为最严厉的书塾。也许是因为拔何首乌毁了泥墙吧，也许是因为将砖头抛到间壁的梁家去了吧，也许是因为站在石井栏上跳了下来吧……都无从知道。总而言之：我将不能常到百草园了。Ade，我的蟋蟀们！Ade，我的覆盆子们和木莲们！

出门向东，不上半里，走过一道石桥，便是我的先生的家了。从一扇黑油的竹门进去，第三间是书房。中间挂着一块扁道：三味书屋；扁下面是一幅画，画着一只很肥大的梅花鹿伏在古树下。没有孔子牌位，我们便对着那扁和鹿行礼。第一次算是拜孔子，第二次算是拜先生。

第二次行礼时，先生便和蔼地在一旁答礼。他是一个高而瘦的老人，须发都花白了，还戴着大眼镜。我对他很恭敬，因为我早听到，他是本城中极方正，质朴，博学的人。

不知从哪里听来的，东方朔也很渊博，他认识一种虫，名曰“怪哉”，冤气所化，用酒一浇，就消释了。我很想详细地知道这故事，但阿长是不知道的，因为她毕竟不渊博。现在得到机会了，可以问先生。

“先生，‘怪哉’这虫，是怎么一回事？……”我上了生书，将要退下来的时候，赶忙问。

“不知道！”他似乎很不高兴，脸上还有怒色了。

我才知道做学生是不应该问这些事的，只要读书，因为他是渊博的宿儒，决不至于不知道，所谓不知道者，乃是不愿意说。年纪比我大的人，往往如此，我遇见过好几回了。

我就只读书，正午习字，晚上对课。先生最初这几天对我很严厉，后来却好起来了，不过给我读的书渐渐加多，对课也渐渐地加上字去，从三言到五言，终于到七言。

三味书屋后面也有一个园，虽然小，但在那里也可以爬上花坛去折腊梅花，在地上或桂花树上寻蝉蜕。最好的工作是捉了苍蝇喂蚂蚁，静悄悄的没有声音。然而同窗们到园里的太多，太久，可就不行了，先生在书房里便大叫起来：——

“人都到哪里去了！”

人们便一个一个陆续走回去；一同回去，也不行的。他有一条戒尺，但是不常用，也有罚脆的规则，但也不常用，普通总不过瞪几眼，大声道：——

“读书！”

于是大家放开喉咙读一阵书，真是人声鼎沸。有念“仁远乎哉我欲仁斯仁至矣”的，有念“笑人齿缺曰狗窦大开”的，有念“上九潜龙勿用”的，有念“厥土下上上错厥贡苞茅橘柚”的……先生自己也念书。后来，我们的声音便低下去，静下去了，只有他还大声朗读着：

“铁如意，指挥倜傥，一座皆惊呢；金叵罗，颠倒淋漓噫，千杯未醉嗬……”

我疑心这是极好的文章，因为读到这里，他总是微笑起来，而且将头仰起，摇着，向后面拗过去，拗过去。

先生读书入神的时候，于我们是很相宜的。有几个便用纸糊的盔甲套在指甲上做戏。我是画画儿，用一种叫作“荆川纸”的，蒙在小说的绣像上一个个描下来，像习字时候的影写一样。读的书多起来，画的画也多起来；书没有读成，画的成绩却不少了，最成片断的是《荡寇志》和《西游记》的绣像，都有一大本。后来，因为要钱用，卖给一个有钱的同窗了。他的父亲是开锡箔店的。听说现在自己已经做了店主，而且快要升到绅士的地位了。这东西早已没有了罢。

夏沔尊（1886—1946），浙江上虞人。现代作家。著有《平屋随笔》《人间爱晚晴》等。

谈　吃

◇夏沔尊

衣食住行的四事之中，食的程度远高于其余一切

说起新年的行事，第一件在我脑中浮起的是吃。回忆幼时一到冬季就日日盼望过年，等到过年将届就乐不可支，因为过年的时候有种种乐趣，第一是吃的东西多。

中国人是全世界善吃的民族。普通人家，客人一到，男主人即上街办吃场，女主人即入厨罗酒浆，客人则坐在客堂里口嗑瓜子，耳听碗盏刀俎的声响，等候吃饭。吃完了饭，大事已毕，客人拔起步来说“叨扰”，主人说“没有什么好的待你”，有的还要苦留“吃了点心去”，“吃了夜饭去”。

遇到婚丧，庆吊只是虚文，果腹倒是实在。排场大的大吃七日五日，小的大吃三日一日。早饭，午饭，点心，夜饭，夜点心，吃了一顿又一顿，吃得不亦乐乎，真是酒可为池，肉可成林。

过年了，轮流吃年饭，送食物。新年了，彼此拜来拜去，讲吃局。端午要吃，中秋要吃，生日要吃，朋友相会要吃，相别要吃。只要取得出名词，就非吃不可，而且一吃就了事，此外不必有别的什么。

小孩子于三顿饭以外，每日好几次地向母亲讨铜板，买食吃。普通学生最大的消费不是学费，不是书籍费，乃是吃的用途。成人对于父母的孝敬，重要的就是奉甘旨。中馈自古占着女子教育上的主要部分。“食不厌精，脍不厌细”，“沽酒，市脯”，“割不正”，圣人不吃。梨子蒸得味道不好，贤人就可以出妻。家里的老婆如果弄得出好菜，就可以骄人。古来许多名士至于费尽苦心，别出心裁，考察出好几部特别的食谱来。

不但活着要吃，死了仍要吃。他民族的鬼只要香花就满足了，而中国的鬼仍依旧非吃不可。死后的饭碗，也和活时的同样重要，或者还更重要。普通人为了死后的所谓“血食”，不辞广蓄姬妾，预置良田。道学家为了死后的冷猪肉，不辞假仁假义，拘束一世。朱竹宁不吃冷猪肉，不肯从其诗集中删去《风怀二百韵》的艳诗，至今犹传为难得的美谈，足见冷猪肉牺牲不掉的人之多了。

不但人要吃，鬼要吃，神也要吃，甚至连没嘴巴的山川也要吃。有的但吃猪头，有的要吃全猪，有的是专吃羊的，有的是专吃牛的，各有各的胃口，各有各的嗜好，古典中大都详有规定，一查就可知道，较之于他民族的对神只作礼拜，似乎他民族的神极端唯心，中国的神倒是极端唯物的。

梅村的诗道“十家三酒店”，街市里最多的是食物铺。俗语说“开门七件事”，家庭中最麻烦的不是教育或是什么，乃是料理食物。学校里最难处置的不是程度如何提高，教授如何改进，乃是饭厅风潮。

俗语说得好，只有“两脚的爷娘不吃，四脚的眠床不吃”。中国人吃的范围之广，真可使他国人为之吃惊。中国人于世界普通的食物之外，还吃着他国人所不吃的珍馐；吃西瓜的实，吃鲨鱼的鳍，吃燕子的窠，吃狗，吃乌龟，吃狸猫，吃癞蛤蟆，吃癞头鼋，吃小老鼠。有的或竟至吃到小孩的胞衣，以及直接从人身上取得的东西。如果能够，怕连天上的月亮也要挖下来尝尝哩。

至于吃的方法，更是五花八门，有烤，有炖，有蒸，有卤，有炸，有烩，有醉，有炙，有熘，有炒，有拌，真正一言难尽。古来尽有许多做菜的名厨司，其名字都和名卿相一样煊赫地留在青史上。不，他们之中有的并升到高位，老老实实就是名卿相。如果中国有一件事可以向世界自豪的，那么这并不是历史之久，土地之大，人口之众，军队之多，战争之频繁，乃是善吃的一事。中国的肴菜已征服了全世界了。有人说中国人有三把刀为世界所不及，第一把就是厨刀。

不见到喜庆人家挂着的福禄寿三星图吗？福禄寿是中国民族生活上的理想。画上的排列是禄居中央，右是福，寿居左。禄也者，拆穿了说就是吃的东西。老子也曾说过“虚其心实其腹”，“圣人为腹不为目”。吃最要紧，其他可以不问。“嫖赌吃着”之中，普通人皆认吃最实惠。所谓“着威风，吃受用，赌对冲，嫖全空”，什么都假，只有吃在肚里是真的。

吃的重要更可于国人所用的言语上证之。在中国，吃字的意义特别复杂，什么都会带了“吃”字来说。被人欺负曰“吃亏”，打巴掌曰“吃耳光”，希求非分曰“想吃天鹅肉”，诉讼曰“吃官司”，中枪弹曰“吃卫生丸”，此外还有什么“吃生活”，“吃排头”，等等。相见的寒暄，他民族说“早安”，“午安”，“晚安”，而中国人则说：“吃了早饭没有？”“吃了中饭没有？”“吃了夜饭没有？”对于职业，普通也用吃字来表示，营什么职业就叫做吃什么饭。“吃赌饭”，“吃堂子饭”，“吃洋行饭”，“吃教书饭”，诸如此类，不必说了。甚至对于应以信仰为本的宗教者，应以保卫国家为职志的军士，也都加吃字于上。在中国，教徒不称信者，叫作“吃天主教的”，“吃耶稣教的”，从军的不称军人，叫作“吃粮的”，最近还增加了什么“吃党饭”，“吃三民主义”的许多新名词。

衣食住行为生活四要素，人类原不能不吃。但吃字的意义如此复杂，吃的要求如此露骨，吃的方法如此麻烦，吃的范围如此广泛，好像除了吃以外就无别事也者，求之于全世界，这怕只有中国民族如此的了。

在中国，衣不妨污浊，居室不妨简陋，道路不妨泥泞，而独在吃上分毫不能马虎。衣食住行的四事之中，食的程度远高于其余一切，很不调和。中国民族的文化，可以说是口的文化。

佛家说六道轮回，把众生分为天、人、修罗、畜生、地狱、饿鬼六道。如果我们相信这话，那么中国民族是否都从饿鬼道投胎而来，真是一个疑问。

林觉民（1887—1911），字意洞，福建闽侯人。近代民主革命烈士，“黄花岗七十二烈士”之一。主要作品有《禀父书》《与妻书》等。

与妻书

◇林觉民

与使吾先死也，无宁汝先吾而死！

意映卿卿如晤：

吾今以此书与汝永别矣！吾作此书时，尚是世中一人；汝看此书时，吾已成为阴间一鬼。吾作此书，泪珠和笔墨齐下，不能竟书而欲搁笔。又恐汝不察吾衷，谓吾忍舍汝而死，谓吾不知汝之不欲吾死也，故遂忍悲为汝言之。

吾至爱汝！即此爱汝一念，使吾勇于就死也。吾自遇汝以来，常愿天下有情人都成眷属；然遍地腥云，满街狼犬，称心快意，几家能彀？司马青衫，吾不能学太上之忘情也。语云：仁者“老吾老以及人之老，幼吾幼以及人之幼”。吾充吾爱汝之心，助天下人爱其所爱，所以敢先汝而死，不顾汝也。汝体吾此心，于啼泣之余，亦以天下人为念，当亦乐牺牲吾身与汝身之福利，为天下人谋永福也。汝其勿悲！

汝忆否？四五年前某夕，吾尝语曰：“与使吾先死也，无宁汝先吾而死！”汝初闻言而怒，后经吾婉解，虽不谓吾言为是，而亦无词相答。吾之意盖谓以汝之弱，必不能禁失吾之悲，吾先死留苦与汝，吾心不忍，故宁请汝先死，吾担悲也。嗟夫！谁知吾卒先汝而死乎！

吾真真不能忘汝也！回忆后街之屋，入门穿廊，过前后厅，又三四折，有小厅，厅旁一屋，为吾与汝双栖之所。初婚三四个月，适冬之望日前后，窗外疏梅筛月影，依稀掩映；吾与（汝）并肩携手，低低切切，何事不语？何情不诉？及今思之，空余泪痕！又回忆六七年前，吾之逃家复归也，汝泣告我：“望今后有远行，必以告妾，妾愿随君行。”吾亦既许汝矣。前十余日回家，即欲乘便以此行之事语汝，及与汝相对，又不能启口；且以汝之有身也，更恐不胜悲，故惟日日呼酒买醉。嗟夫！当时余心之悲，盖不能以寸管形容之。

吾诚愿与汝相守以死，第以今日事势观之，天灾可以死，盗贼可以死，瓜分之日可以死，奸官污吏虐民可以死，吾辈处今日之中国，国中无地无时不可以死！到那时使吾眼睁睁看汝死，或使汝眼睁睁看我死，吾能之乎？抑汝能之乎？即可不死，而离散不相见，徒使两地眼成穿而骨化石，试问古来几曾见破镜能重圆？则较死为苦也，将奈之何？今日吾与汝幸双健。天下人之不当死而死与不愿离而离者，不可数计，钟情如我辈者，能忍之乎？此吾所以敢率性就死不顾汝也。吾今死无余憾，国事成不成自有同志者在。依新已五岁，转眼成人，汝其善抚之，使之肖我。汝腹中之物，吾疑其女也，女必像汝，吾心甚慰。或又是男，则亦教其以父志为志，则吾死后尚有二意洞在也。甚幸！甚幸！吾家后日当甚贫，贫无所苦，清静过日而已。

吾今与汝无言矣！吾居九泉之下，遥闻汝哭声，当哭相和也。吾平日不信有鬼，今则又望其真有。今人又言心电感应有道，吾亦望其言是实，则吾之死，吾灵尚依依旁汝也，汝不必以勿侣悲！

吾平生未尝以吾所志语汝，是吾不是处；然语之，又恐汝日日为吾担忧。吾牺牲百死而不辞，而使汝担忧，的的非吾所忍，吾爱汝至，所以为汝谋者惟恐未尽。汝幸而偶我，又何不幸而生今日之中国！吾幸而得汝，又何不幸而生今日之中国！卒不忍独善其身。嗟夫！巾短情长，所未尽者，尚有万千，汝可以模拟得之。吾今不能见汝矣！汝不能舍吾，其时时于梦中得我乎？一恸！

辛未三月念六夜四鼓，意洞手书。

家中诸母皆通文，有不解处，望请其指教，当尽吾意为幸！

许地山（1893—1941），福建龙溪人，作家、学者。著有散文集《空山灵雨》、小说集《缀网劳蛛》、学术论著《中国道教史》等。

落 花 生

◇许地山

人要做有用的人，不要做伟大、体面的人了。

我们屋后有半亩隙地。母亲说："让它荒芜着怪可惜，既然你们那么爱吃花生，就辟来做花生园罢。"我们几姊弟和几个小丫头都很喜欢——买种的买种，动土的动土，灌园的灌园；过不了几个月，居然收获了！

妈妈说："今晚我们可以做一个收获节，也请你们爹爹来尝尝我们的新花生，如何？"我们都答应了。母亲把花生做成好几样的食品，还吩咐这节期要在园里底茅亭举行。

那晚上的天色不大好，可是爹爹也到来，实在很难得！爹爹说："你们爱吃花生么？"

我们都争着答应："爱！"

"谁能把花生的好处说出来？"

姊姊说："花生的气味很美。"

哥哥说："花生可以制油。"

我说："无论何等人都可以用贱价买它来吃；都喜欢吃它。这就是它的好处。"

爹爹说："花生的用处固然很多；但有一样是很可贵的。这小小的豆不像那好看的苹果、桃子、石榴，把它们的果实悬在枝上，鲜红嫩绿的颜色，令人一望而发生羡慕的心。它只把果子埋在地底，等到成熟，才容人把它挖出来。你们偶然看见一棵花生瑟缩地长在地上，不能立刻辨出它有没有果实，非得等到你接触它才能知道。"

我们都说："是的。"母亲也点点头。爹爹接下去说："所以你们要像花生，因为它是有用的，不是伟大、好看的东西。"我说："那么，人要做有用的人，不要做伟大、体面的人了。"爹爹说："这是我对于你们的希望。"

我们谈到夜阑才散，所有花生食品虽然没有了，然而父亲的话现在还印在我心版上。

万物之母

◇许地山

纵然找着她，若是她还没有把星星抓在手里，她心里怎能平安，怎肯随着他们回来？

在这经过离乱的村里，荒屋破篱之间，每日只有几缕零零落落的炊烟冒上来，那人口的稀少可想而知。你一进到无论哪个村里，最喜欢遇见的，是不是村童在阡陌间或园圃中跳来跳去，或走在你的前头，或随着你步后模仿你的行动？村里若没有孩子们，就不成村落了。在这经过离乱的村里，不但没有孩子，而且有人向你要求孩子！

这里住着一个不满三十岁的寡妇，一见人来，便要求说："善心善行的人，求你对那位总爷说，把我的儿子给回。那穿虎纹衣服、戴虎儿帽的便是我的儿子。"

她的儿子被乱兵杀死已经多年了。她从不会忘记：总爷把无情的剑拔出来的时候，那穿虎纹衣服的可怜儿还用双手招着，要她搂抱。她要跑去接的时候，她的精神已和黄昏的霞光一同麻痹而熟睡了。唉，最惨的事岂不是人把寡妇怀里的独生子夺过去，而且在她面前害死吗？要她在醒后把这事完全藏在她记忆的多宝箱里，可以说，比剖芥子来藏须弥还难。

她的屋里排列了许多零碎的东西，当时她儿子玩过的小团也在其中。在黄昏时候，她每把各样东西抱在怀里说："我的儿，母亲岂有不救你，不保护你的？你现在在我怀里咧。不要作声，看一会人来又把你夺去。"可是一过了黄昏，她就立刻醒悟过来，知道那所抱的不是她的儿子。

那天，她又出来找她的"命"。月的光明蒙着她，使她在不知不觉间进入村后的山里。那座山，就是白天也少有人敢进去，何况在盛夏的夜间，杂草把樵人的小径封得那么严！她一点也不害怕，攀着小树，缘着茑重，慢慢地上去。

她坐在一块大石上歇息，无意中给她听见了一两声的儿啼。她不及判别，便说："我的儿，你藏在这里么？我来了，不要哭啦。"

她从大石上下来，随着声音的来处，爬入石下一个洞里。但是里面一点东西也没有。她很疲乏，不能再爬出来，就在洞里睡了一夜。

第二天早晨，她醒时，心神还是非常恍惚。她坐在石上，耳边还留着昨晚上的儿啼声，这当然更要动她的心，所以那方从霭云被里攒出来的朝阳，无力把她脸上和鼻端的珠露晒干了。她在瞻顾中，才看出对面山岩上坐着一个穿着虎纹衣服的孩子。可是她看错了！那边坐着的，是一只虎子；它的声音从那边送来很像儿啼。她立即离开所坐的地方，不管当中所隔的谷有多么深，尽管攀缘着，向那边去。不幸早露未干，所依附的都很湿滑，一失手，就把她溜到谷底。

她昏了许久才醒回来。小伤总免不了，却还能够走动。她爬着，看见身边暴露了一副小髑髅。

“我的儿，你方才不是还在山上哭着么？怎么你母亲来得迟一点，你就变成这样？”她把髑髅抱住，说：“呀，我的苦命儿，我怎能把你医治呢？”悲苦尽管悲苦，然而，自她丢了孩子以后，不能不算这是她第一次的安慰。

从早晨直到黄昏，她就坐在那里，不但不觉得饿，连水也没喝过。零星几点，已悬在天空，那天就在她的安慰中过去了。

她忽然想起幼年时代，人家告诉她的神话，就立起来说：“我的儿，我抱你上山顶，先为你摘两颗星星下来，嵌入你的眼眶，教你看得见；然后给你找香象的皮肉来补你的身体。可是你不要再哭，恐怕给人听见，又把你夺过去。”

“敬姑，敬姑。”找她的人们在满山中这样叫了好几声，也没有一点回响。

“也许她被那只老虎吃了。”

“不，不对。前晚那只老虎是跑下来捕云哥圈里的牛犊被打死的。如果那东西把敬姑吃了，决不再下山来赴死。我们再进深一点找吧。”

唉，他们的工夫白费了！纵然找着她，若是她还没有把星星抓在手里，她心里怎能平安，怎肯随着他们回来？

张恨水（1895—1967），安徽潜山人，作家。有长篇小说集《春明外史》《啼笑因缘》《八十一梦》《五子登科》《魍魉世界》等。

陶然亭

◇张恨水

站在这里，只觉得水木清华，尘飞不染。

陶然亭好大一个名声，它就跟武昌黄鹤楼、济南趵突泉一样。来过北京的人回家后，家里一定会问："你到过陶然亭吗？"因之在三十五年前，我到北京的第一件事，就是去逛陶然亭。

那时候没有公共汽车，也没有电车。找了一个三秋日子，真可以说是云淡风轻，于是前去一逛。可是路又极不好走，满地垃圾，坎坷不平，高一脚，低一脚。走到陶然亭附近，只看到一片芦苇，远处呢，半段城墙。至于四周人家，房屋破破烂烂。不仅如此，到处还有乱坟葬埋。虽然有些树，但也七零八落，谈不到什么绿荫。我手拂芦苇，慢慢前进。可是飞虫乱扑，最可恨的是苍蝇蚊子到处乱钻。我心想，陶然亭就是这个样子吗？

所谓陶然亭，并不是一个亭，是一个土丘，丘上盖了一所庙宇。不过北西南三面，都盖了一列房子，靠西的一面还有廊子，有点像水榭的形势。登这廊子一望，隐隐约约望见一抹西山，其近处就只有芦苇遍地了。据说这一带地方是饱以沧桑的，早年原不是这样，有水，有船，也有些树木。清朝康熙年间，有位工部郎中江藻，他看此地还有点野趣，就盖了此座庭院。采用了白居易的诗："更待菊黄家酿熟，与君一醉一陶然"的句子，称它作陶然亭；后来成为一些文人在重阳登高宴会之所。到了乾隆年间，这地方成了一片苇塘。乱坟本来就有，以后年年增加，就成为三十五年前我到北京来的模样了。

过去，北京景色最好的地方，都是皇帝的禁苑，老百姓是不能去的。只有陶然亭地势宽阔，又有些野景，它就成为普通百姓，以及士大夫游览聚会之地。同时，应科举考试的人，中国哪一省都有，到了北京，陶然亭当然去逛过。因之陶然亭的盛名，在中国就传开了。我记得作《花月痕》的魏子安，有两句诗说陶然亭，诗说："地匝万芦吹絮乱，天空一雁比人轻。"就要说到气属三秋的时候，说陶然亭还有点像。可是这三十多年以来，陶然亭一年比一年坏。我三度来到北京，而且住的日子都很长，陶然亭虽然去过一两趟，总觉得"地匝万芦吹絮乱"句子而外，其余一点什么都没有。真是对不住那个盛名了。

1955年听说陶然亭修得很好；1956年听说陶然亭更好，我就在6月中旬，挑了一个晴朗的日子，带着我的妻女，坐公共汽车前去。

一望之间，一片绿荫，露出两三个亭角，大道宽坦，两座辉煌的牌坊，遥遥相对。还有两路小小的青山，分踞着南北。好像这就告诉人，山外还有山呢。妻说：“这就是陶然亭吗？我自小在这附近住过好多年，怎么改造得这样好，我一点都不认识了。”我指着大门边一座小青山说：“你看，这就是窑台，你还认得吗？”妻说：“哎呀！这山就窑台？这地方原是个破庙，现在是花木成林，还有石坡可上啊！”她是从童年就生长在这里的人，现在连一点都不认得了。从她吃惊的情形就可以感觉到：陶然亭和从前一比，不知好到什么地步了。

陶然亭公园里面沿湖有三条主要的大路，我就走了中间这条路，路面是非常平整的。从东到西约两里多路宽的地方，挖了很大很深的几个池塘，曲折相连。北岸有游艇出租处，有几十只游艇，停泊在水边等候出租。我走不多远，就看见两座牌坊，雕刻精美，金碧辉煌，仿佛新制的一样。其实是东西长安街的两个牌楼迁移到这里重新修起来的。这两座妨碍交通的建筑在这里总算找到了它的归宿。

走近几步，就是半岛所在，看去两旁是水，中间是花木。山脚一座凌霄花架，作为游人纳凉的地方。山上有一四方凉亭。山后就是过去香冢遗迹了。原来立的碑，尚完整存在，一诗一铭，也依然不少分毫。我看两个人在这里念诗，有一个人还是斑白胡子呢。顺着一条岔路，穿了几棵大树上前，在东角突然起一小山，有石级可以盘曲着上去。那里绿荫蓬勃，都是新栽不久的花木，都有丈把高了。这里也有一个亭子，站在这里，只觉得水木清华，尘飞不染。我点点头说：这里很不错啊！

西角便是真正陶然亭了。从前进门处是一个小院子，西边脚下，有几间破落不堪的屋子。现在是一齐拆除，小院子成了平地，当中又栽了十几棵树，石坡也改为泥面的。登上土坛，只见两棵二百年的槐树，正是枝叶葱茏。远望四围一片苍翠，仿佛是绿色屏障，再要过了几年，这周围的树，更大更密，那园外尽管车水马龙，一概不闻不见，园中清静幽雅，就成为另一世界了。我们走进门去过厅上挂了一块匾，大书"陶然"二字。那几间庙宇，可以不必谈。西南北三面房屋，门户洞开，偏西一面有一带廊子，正好远望。房屋已经过修饰，这里有服务外卖茶，并有茶点部。坐在廊下喝茶，感到非常幽静。

近处隔湖有云绘楼，水榭下面，清池一湾，有板桥通过这个半岛。我心里暗暗称赞："这样确是不错！"我妻就问："有一些清代小说之类，说起饮酒陶然亭，就是这里吗？"我说："不错，就是我们坐在这里。你看这墙上嵌了许多石碑，这就是那些士大夫们留的文墨。至于好坏一层，用现在的眼光看起来，那总是好的很少吧。"

坐了一会，我们出了陶然亭，又跨过了板桥，这就上了云绘楼。这楼有三层，雕梁画栋，非常华丽。往西一拐，露出了两层游廊，游廊尽处，又是一层，题曰清音阁。阁后有石梯，可以登楼。这楼在远处觉得十分富丽雄壮，及向近处看，又曲折纤巧。打听别人，才知道原来是从中南海移建过来的。它和陶然亭隔湖相对，增加不少景色。

公园南面便是旧城脚下，现已打通了一个豁口。沿湖岸东走，处处都是绿荫，水色空蒙，回头望望，湖中倒影非常好看。又走了半里路，面前忽然开朗，有一个水泥面的月形舞场，四周柱灯林立。摆池足可以容纳得下二三百人。当夕阳西下，各人完了工，邀集二三友好，或者泛舟湖面，或者就在这里跳舞，是多好的娱乐啊！对着太平街另外一门，杨柳分外多，一面青山带绿，一面是清水澄明，阵阵轻风，扑人眉发。晚来更是清静。再取道西进，路北有小山一叠，有石级可上，山上还有一亭小巧玲珑。附近草坪又厚又软。这里的草，是河南来的，出得早，萎枯得晚，加之经营得好，就成了碧油油的一片绿毯了。

回头，我们又向西慢慢地徐行。过了儿童体育场，和清代时候盖的抱冰堂，就到了三个小山合抱的所在，这三个小山，把园内西南角掩藏了一些。如果没有这山，就直截了当地看到城墙这么一段，就没有这样妙了。

园内几个池塘，共有二百八十亩大，1952年开工，就只挖了一百七十天就完工了，挖出的土就堆成七个小山，高低参差，增加了立体的美感。

这一趟游陶然亭公园，绕着这几座山共走了约五里路，临行还有一点留恋。这个面目一新的陶然亭，引起我不少深思。要照从前的秽土成堆，那过了两三年就湮没了。有些知道陶然亭的人，恐怕只有在书上找它陈迹了吧？现在逛陶然亭真是其乐陶陶了。

西京胜迹

◇张恨水

陕西人爱护桑梓的观念，大概是比别一省的人，还要深切。

这西京胜迹四个字，是本小册子的名字，乃张长工先生编订的。内容是将在志书上和在西安当地考查所得，约编订了有一万字上下的简记，大概西安的胜迹，都网罗无遗了。不过他所举的，仅仅是沿革，没有加以描写。我根据了他那小册子，游历一二十处胜迹，颇得他的介绍力不小，就借重他这名字，总托我这段琐文。

开元寺

这寺在东大街路南，大门对着街上，门里片广场，广场正面是庙，两旁是环形式的人家门户，猛然一看，不过一般中产以下的住户而已，可是里面藏了不少的奥秘。在那大门上，有块开元寺的石额，下面有块木板横额，正正端端，写了古物商场四字。按理说起来，这开元寺是唐朝开元年间的建筑品，历代都增修过，说这里是古物商场，当然可邀初次西来的人相信。但是看官到西安，千万别见人就问开元寺在那里？或者说我要进开元寺去，因为那两旁人家不是古物，乃是东方来的娼妓，稍微有身份的人，是不敢踏进这古物商场一步的。但是我因为听说这里有塑像，有壁画，也许可以发现一点什么，就择了一个正午十二时，邀了一位教育所的凌秘书作陪，毅然决然地进去参观了。经过那广场，便是正殿，似乎这广场，原先都是殿宇，现在原正殿，已经是后殿了。正殿并不伟大，在佛龛四周，有十八尊罗汉塑像。其中有几尊，姿态很好，和北平西山碧云寺的塑像不相上下，我断定不是清朝的东西。不是元塑，也是明塑。有几尊由后人涂饰过，原来的面目尽失，大为可惜。然而就是我所认为姿态很好的，西安也很少人注意，始终是会湮没的。因为塑像这种艺术，清朝三百年来，是绝对不考究，所以没有好塑匠。我们把江南一带新庙宇的塑像，和北方古庙宇的塑像一比较，那就可以看出来。清塑是粗俗臃肿，乱涂颜色，清以上的塑像，大概都刻画精细，饶有画意。开元寺那几尊罗汉像，绝无粗俗臃肿之弊，眉目也很有神气，所以我认为很好。在这正殿上，有座佛阁，四面是窄小的游廊，很有点明代建筑意味。阁时很黑暗，有三四尊像，是近代塑出来的，无足取。

碑林

这是西安最著名的一处名胜，在城东南，雇人力车，告诉车夫到碑林，就可以拉到，因为这是人力车夫，也知道这处名胜的。这林在旧府学里，现在归图书馆专员管理。进门在苍台满径的小巷子时过去，正北有个小殿，供有孔子的塑像，朝南有三进旧的屋宇，一齐拆通，一列一列地立着石碑。这里面共分着十区，第一区的唐隶，第二区的颜字家庙碑，圣教序，多宝塔，第三区的十三经全文，第六区的景教流行碑（大唐建中二年刻石），这都是国内唯一无二的国宝，在别的地方，是看不到的。这里的碑，共是四百多种，合两千四百多块。洛阳周公庙的石碑，唐碑本也不少，但这里的都出于名手，那是洛阳所不及的。文庙在碑林隔壁，顺便可去看看，里面有古柏几十棵，是西安第一个终年常绿的所在。

曲江与乐游原

曲江这两个字，念过唐诗的人，便会觉得耳熟，据传说，这里秦是宜春院，汉是曲江，隋是芙蓉池，到了唐朝开元年间，大加修理，周围七里，遍栽花木，环筑楼阁，可以任人游玩。虽不及现在的西湖，至少是可以比北平的北海的。唐诗上，随便翻翻可以翻到曲江饮宴的题目。就是唐人小说上，也常常提到这地方，作为背景。我到了西安，就曾问人，曲江这地方还有没有？同时念着那杜甫的诗，“三月三日天气新，长安水滨多丽人”，和朋友开着玩笑。朋友答复，都说还有遗址可寻。这在我们有点诗酸的人，就十分高兴了。在一天下午，借了朋友的汽车，坐出南门，在那浮尘堆拥的便道上，驰上了一片土坡，那土坡高高低低，略微有点山形，在土坡矮处，有几棵瘦小的树，映带着上十户人家，在人家黄土墙外，有座木碑坊，上面写了四个字，古曲江池。呵，这里就是了。当时和两个朋友，下了汽车，朝了人家走去。人家在洼地所在，门口是一片打麦场，东北西是土坡围着，向南有缺口。四周看看一点水的地方也没有。至于那四周的土坡，只是些荒荒的稀草，那时还有什么美景？但是据我的捉摸，这人家所在，便是当日曲江池底，由南去湾湾的洼地，正是引水前来的池口。因为由洼地到土坡上面相差有四五十尺，轻易是填不起来的。大概多少还留着原来一点形迹。我和朋友都不免叹了两声桑田城堞，在这黄黄的斜阳影里，说不出来是一种什么情趣。这地方就是乐游原，在汉朝的时候，春秋佳日，都人士女，都到这里来游玩。李太白的词上说，“乐游原上清秋节，咸阳古道音尘绝。音尘绝，西风浅照，汉家陵阙。”这似乎在太白当年，这地方已不胜有荆棘铜驼今昔之感的了。

武家坡

这三个字写了出来，读者不免要大大的吓上一跳，这不是一出京戏的名字吗？对了，这就是京戏上的武家坡。西安人很少舌尖音，水念匪，天念千，曲念检。他们的秦腔时碳，有一出本戏，叫五典坡，是扮演薛平贵王宝钏的事，由抛彩球起，到算粮登殿为止。京戏可叫红鬃烈马。这五典坡，就在曲江池的南边的深沟里。西安人念成五检坡，京戏莫名其妙的，就改为武家坡了。这一道深沟，弯曲着由西向东南，在北岸上，有三个窑洞门，都封闭了，传说那就是王宝钏为夫守节的所在。南岸随着土坡，盖了一所小庙，里面有王三姐和薛平贵的泥塑像，像后面土坡上有个黑洞，说是能够点了油灯照着向这里上去，另外还有一篇神话。其实也不过是看庙的人，借此向游人讹钱罢了。薛平贵王宝钏这两个人，本来是名不见经传的，这武家坡当然也有疑问。但是西安的秦腔班子，几乎每日都有唱五典坡这出戏的，其叫座可知，那故事深入民间可知了。

雁塔

在科举时代，恭祝人家雁塔题名，那是一句很吉祥的话。这雁塔在慈恩寺内，寺在曲江池西北角，到城约五六里路。这寺和别的寺宇不同的，就是在正殿之前，列着一层层的石碑，不下百十来幢。唐朝神龙年后，选取的进士，都在这题上人的芳名。而雁塔也就因为这样流传士人之口，直到于今，塔在殿后高高的土基上，塔门有唐朝褚遂良的圣教序碑，并没有残破，也是为赏鉴碑帖的人所宝贵的之一。这个塔和开封的琉璃塔，恰好相处在反面。那琉璃塔是实心的，只在塔心划开一条缝，转了上去所以塔里滑一寸木料。这雁塔却是空心的，倚靠了塔墙，四周架了栏杆板梯，临空上去。所以有三四个游人扶梯登塔的话，只听到，登登的一片踏木桥声，而且在上层的人，可以看到下层的人，便是其他的塔，也很少这种构造的哩。这个庙，在隋朝叫无漏寺，唐高宗为文德皇后改造过，改名叫慈恩寺，直到于今。

小雁塔

这塔在大雁塔西边，下面是荐福寺，塔虽有十五层，兹恩寺的七层塔矮得多，所以叫小雁塔。这里有两种神话，说是地震一回，这塔就会裂开，再震一回又合起来。又庙里有口钟，是武功河边捞起来的，相传有女人在河边捣衣，声闻数里，于是就掘得了这口钟。因为雁塔钟声，是关中八景之一，所以在这里顺带一叙。

新城与小碑林

在西安的人，听到新城大楼这个名词，就会感到一种兴奋。便是国内报纸，每记着要人驾临西安的时候，也会连带的记上新城大楼四个字。原来这是绥靖公署宴会的场合，要人来了，总是住在这里的。既是官衙，怎么又算西京胜迹之一哩？这就因为这里是明朝的秦王府，四周筑有土城，土城里，很大一片旷地，是前清驻防旗人的教场，旗人也就驻防在东北角上。辛亥军事城里一场大火，烧个干净。民国十年，冯玉祥手里，把这里生新建造了，叫作新城。

到宋哲元做陕西广度的时候，更盖了一幢中西合参的大厅，因为下面有窑洞，所以叫大楼。合并两个名词，就叫新城大楼。大棂后面有个敞厅，里面立有大小石碑二三十块。其中颜真卿自撰自书的勤礼碑，最为名贵。这块碑，宋时，很多人模仿，元明就失传。民国十一年，在西安旧藩台衙门里挖出，虽然中断，全文不缺，据人推测，已埋在土中一千年了。小碑林里有了这块碑，所以这个地方，也成为胜迹之一。只是这在绥靖公署里面，地方太重要了，游人是闻名而已。

第一图书馆

到西安来游历的人，省立图书馆，那是值得一游的。馆在南苑门，交通很便利，里面分着古物书籍两大部分。我所看到的，有以下几样东西，值得向读者介绍的：（一）八骏图。这是唐代的石刻，乃是在大石块上浮雕起来的，一种古朴的意味，和近代的石刻异趣。其中两块，被人盗卖到国外去了，现在只剩六块，嵌在东廊墙上。（二）宋版藏经全部，及明版藏经。这种书，国内别处，虽然也有，可是不及这里的多，满满的陈设了三间大屋子，传说，有一万一千多卷。馆里对于这书，管理得很严密，非有特别介绍，不许参观。（三）唐钟，是唐睿宗用铜铸的，高一丈多，书画都完全不缺。现在东廊外，用一个特别的亭子罩着。（四）北魏造像。在西廊。另有其他许多唐宋石刻配衬着。（五）出土古物，也在西边屋子陈列着。虽然不多，各代的都有。周鼎尤其是宝贵。（六）汉宫春晓图。这幅图，藏在图书馆楼上，要特别介绍，方能由所绘楼阁山水人物，非常细致。作书者为袁某，已不能记起什么名字了。据图书馆人说，这是明画。

华塔

这塔本不怎么高。但是值得一看的，就是每层塔上，各方都有嵌有一个石刻佛像。这是唐代的石刻，在这里可以和北魏的造像，比较一下，研究研究这两个时代的雕刻如何。在第四层上，有个女像，据传说，是唐明皇为杨贵妃刻的。塔在书院街师范学校附属小学里，塔外围里一道矮墙，保护石刻，游人只能远看了。

莲花池

这池就算是西安的公园了，地址在城西北角，里面很宽敞。本来是明朝的水渠，后来干了。民国十七年，改为公园，栽了许多树木。南北两个池子，周围约一里多路，在池边树木里建了两三个亭子，为西安市上单有的一个市民清游之所。但是当我去游的时候，池里水干见底，很少清趣。听说西京建设委员会，要大大的修理一下，大概将来是会比现在较好些的。

西五台

这地方本不足观，但它很负盛名。因为那里有个大士楼，每逢旧历六月初六，有一度庙会，所以被人称道着。我在西安，震于它的盛名，也曾特意去了一次。这里更在莲花池的偏西，在很污秽的敞地上，一排有三个黄土台子。前面一个，上头有破庙一所，门口作了马营养马之所，当然是不堪闻问，最后一个，上面却有一个更楼式的亭子。登那亭子上，可以望到西安全城。始而我疑惑，这里那够算是名胜？后来向人打听，原来这是唐朝皇城的遗址，一千年以来，唐代宫阙，什么都没有了，仅仅就是这几堆城墙土基而已。

西安风俗之一班

关于西京胜迹，那是书不胜书，我只到了这些地方，我也就只能描写这些地方。最可惜的，就是近在眼前的终南山，我竟不曾去走一趟。这并不是愿意交臂失之，因为初到的时候，赶着要上甘肃，回来的时候，又遇到天气十分热，只好罢了。现在还有旅客到西安，应当知道的一些风俗，拉杂写在后面。

西安人起得很早，在春天的时候，六点钟，就满街都是人。便是住在旅馆里，七点钟以后，声音也极其嘈杂，不容人晚起。这自然是个好习惯，作客的人，不妨跟着学学。晚上九点钟以后，街上已经难买到东西。

西安人是吃两餐的，早餐大概在十点附近，晚餐在下午四点钟附近。设若你接到请帖，订着晚四点或早十点，你不要以为这是主人翁提早时间，应当按时而去。

西北人的衣服，都很朴实，男子有终身不穿绸缎的。近年来，年轻的女子，也慢慢染了东方人士奢华习气，但是也不过穿穿人造丝织的衣料而已，到西北去的朋友最好穿朴素一点，可以减少市民的注意。若是你穿西服，无疑的，市人会疑心你是老爷之流。因为除了东方去的年轻官吏，本地人是绝少穿西服的。摩登少年，也不过穿穿那青色粗呢的学生服，若在上海，人家会疑心是大饭店里的工友。如此看来，到西北去应当穿那种服饰，就不言而喻了。

某一个地方的人，必是尊重一个地方的名誉，作客的人，在入境问俗的规矩之下，本不应该，在浮面上观察过了，就作骨子里面批评的。陕西人爱护桑梓的观念，大概是比别一省的人，还要深切。到西北去的人，对人说，我们回到老家来了，西北人刻苦耐劳，东南人士所不及，像这一类的话，只管多说，不要紧。若易左闲话扬州而兴讼，胡适之恭维香港而碰壁，都是忘了主人翁地位说话的一个老大教训。到西北去的朋友，对于这一点，是必再三注意之后，还要再四注意。

西北人的旧道德观念，很深很深，所以男女社交，还只限于极少一部分知识阶段，此外，男女之防，还是相当的尊重。客人到朋友家里去，不可以很大意的向内室里闯。像上海朋友，住惯了鸽子笼式的房屋，不许可人分内外，久之，也就成了习惯，到了北平，就常因走到人家上房，引起了厌恶。若到西安去，也要谨慎。再者，在西北地方，便是走错了路，遇到妇女，也不宜胡乱开口向人家问路，我亲眼看见我的朋友，碰过很大的钉子。

最后，说到方言这个问题，陕甘宁青四省，汉人都是操着西北普通话，并不难懂。到西安去，扬子江以北的各种方言，他们都可以懂得。陕西方言，大概是喉音字，发出来最重，如我字，总念作鄂。舌尖音往往变成轻唇音，如水念作匪之类。大概知道这一点窃，陕西话是更容易了解了。

徐志摩（1896—1931），浙江海宁人，诗人。著有诗集《志摩的诗》《猛虎集》，散文集《落叶》《巴黎的鳞爪》，短篇小说集《轮盘》等。

翡冷翠山居闲话

◇徐志摩

只要你认识了这一部书，你在这世界上寂寞时便不寂寞，穷困时不穷困，苦恼时有安慰，挫折时有鼓励，软弱时有督责，迷失时有指南针。

在这里出门散步去，上山或是下山，在一个晴好的五月的傍晚，正像是去赴一个美的宴会，比如去一个果子园，那边每株树上都是满挂着诗情最秀逸的果实，假如你单是站着看还不满意时，只要你一伸手就可以采取，可以恣尝鲜味，足够你性灵的迷醉。阳光正好暖和，决不过暖；风息是温驯的，而且往往因为他是从繁花的山林里吹度过来并带来一股幽远的澹香，连着一息滋润的水气，摩挲着你的颜面，轻绕着你的肩腰，就这单纯的呼吸已是无穷的愉快；空气总是明净的，近谷内不生烟，远山上不起霭，那美秀风景的全部正像画片似的展露在你的眼前，供你闲暇时鉴赏。

作客山中的妙处，尤在你永不须踌躇你的服色与体态；你不妨摇曳着一头的蓬草，不妨纵容你满腮的苔藓；你爱穿什么就穿什么；扮一个牧童，扮一个渔翁，装一个农夫，装一个走江湖的吉卜赛，装一个猎户；你再不必提心去整理你的领结，你尽可以不用领结，给你的颈根与胸膛一半日的自由，你可以拿一条这边艳色的长巾包在你的头上，学一个太平军的头目，或是拜伦那埃及装的姿态；但最要紧的是穿上你最旧的旧鞋，别管他模样不佳，他们是顶可爱的好友，他们承着你的体重，却不叫你记起你还有一双脚在你的底下。

这样的玩顶好是不要约伴，我竟想严格的取缔，只许你独身，因为有了伴多少总得叫你分心，尤其是年轻的女伴，那是最危险最专制不过的旅伴，你应得躲避她像你躲避青草里一条美丽的花蛇！平常我们从自己家里走到朋友家里，或是我们执事的地方，那无非是在同一个大牢里从一间狱室移到另一狱室去，拘束永远跟着我们，自由永远寻不到我们；但在这春夏间美秀的山中或乡间，你要是有机会独身闲逛时，那才是你福星高照的时候，那才是你实际领受，亲口尝味，自由与自在的时候，那才是你肉体与灵魂行动一致的时候；朋友们，我们多长一岁年纪，往往只是加重我们头上的枷，加紧我们脚胫上的链，我们见小孩子在草里在沙堆里在浅水里打滚作乐，或是看见小猫追他自己的尾巴，何尝没有羡慕的时候。但我们的枷，我们的链，永远是制定我们行动的上司！所以只有你单身奔赴大自然的怀抱时，像一个裸体的小孩扑入他母亲的怀抱时，你才知道灵魂的愉快是怎样的，单是活着的快乐是怎样的，单就呼吸单就走道单就张眼看耸耳听的幸福是怎样的。因此你得严格的为己，极端的自私，只许你，体魄与性灵，与自然同在一个脉搏里动跳，同在一个音波里起伏，同在一个神奇的宇宙里自得。我们浑朴的天真是像含羞草似的柔娇，一经同伴的抵触，他就卷了起来，但在澄静的日光下和风中，他的姿态是自然的，他的生活是无阻碍的。

你一个人漫游的时候，你就会在青草里坐坐，仰卧，甚至有时打滚，因为草的和暖的颜色，自然的唤起你童稚的活泼；在静僻的道上你就会不自主的狂舞，看着你自己的身影幻出种种诡异的变相，因为道旁树木的阴影在他们纡徐的婆娑里暗示你舞蹈的快乐；你也会得信口的歌唱，偶尔记起断片的童调，与你自己随口的小曲，因为树林中的莺燕告诉你春光是应得赞美的；更不必说你的胸襟自然会跟着漫长的山径开拓，你的心地会看着澄蓝的天空静定，你的思想和着山壑间的水声，山罅里的泉响，有时一澄到底的清澈；有时激起成章的波动，流，流，流入凉爽的橄榄林中，流入妩媚的阿诺河去……

并且你不但不须游伴，每逢这样的游行，你也不必带书。书是理想的伴侣，但你应得带书，是在火车上，在你住处的客室里，不是在你独身漫步的时候，什么伟大的深沉的鼓舞的清明的优美的思想的根源不是可以在风籁中，云彩里，山势与地形的起伏里，花草的颜色与香气里寻得？自然是最伟大的一部书，歌德说，在他每一页的字句里，我们读得最深奥的消息。并且这书上的文字是人人懂得的，阿尔卑斯与五老峰，西西里与普陀山，莱茵河与扬子江，梨梦湖与西子湖，建兰和琼花，杭州西湖的芦雪与威尼斯夕照的红潮，百灵与夜莺，更不提一般黄的黄麦，一般紫的紫藤一般青的青草，同在大地上生长，同在和风中波动——他们应用的符号是永远一致的，他们的意义是永远明显的，只要你自己心灵上不长疮瘢，眼不盲，耳不塞，这无形迹的最高等教育便永远是你的名分，这不取费的最珍贵的补剂便永远供你的受用；只要你认识了这一部书，你在这世界上寂寞时便不寂寞，穷困时不穷困，苦恼时有安慰，挫折时有鼓励，软弱时有督责，迷失时有指南针。

郁达夫（1896—1945），浙江富阳人，作家。有短篇小说集《茑萝集》，中篇小说《她是一个弱女子》，散文集《闲书》《屐痕处处》《达夫日记》等。

半日的游程

◇郁达夫

我这一个本在这些荒山野径里驰骋过的毛头小子，现在也竟垂垂老了。

去年有一天秋晴的午后，我因为天气实在好不过，所以就搁下了当时正在赶着写的一篇短篇的笔，从湖上坐汽车驰上了江干。在儿时习熟的海月桥、花牌楼等处闲走了一阵，看看青天，看看江岸，觉得一个人有点寂寞起来了，索性就朝西的直上，一口气便走到了二十几年前曾在那里度过半年学生生活的之江大学的山中。二十年的时间的印迹，居然处处都显示了面形：从前的一片荒山，几条泥路，与夫乱石幽溪，草房藩溷，现在都看不见了。尤其要使人感觉到我老何堪的，是在山道两旁的那一排青青的不凋冬树；当时只同豆苗似的几根小小的树秧，现在竟长成了可以遮蔽风雨，可以掩障烈日的长林。不消说，山腰的平处，这里那里，一所所的轻巧而经济的住宅，也添造了许多；像在画里似的附近山川的大致，虽仍依阳，但校址的周围，变化却竟簇生了不少。第一，从前在大礼堂前的那一丝空地，本来是下临绝谷的半边山道，班在却已将面前的深谷填平，变成了一大球场。大礼堂西北的略高之处，本来足有几枝被朔风摧折得弯腰屈背的老树孤立在那里的，现在却建筑起了三层的图书文库了。二十年的岁月！三千六百日的两倍的七千二百的日子！以这一短短的时节，来比起天地的悠长来，原不过是像白驹的过隙，但是时间的威力，究竟是绝对的暴君，曾日月之几何，我这一个本在这些荒山野径里驰骋过的毛头小子，现在也竟垂垂老了。

一路上走着看着，又微微地叹着，自山的脚下，走上中腰，我竟费去了三十来分钟的时刻。半山里是一排教员的住宅，我的此来，原因为在湖上在江干孤独得怕了，想来找一位既是同乡，又是同学，而自美国回来之后就在这母校里服务的胡君，和他来谈谈过去，赏赏清秋，并且也可以由他这里来探到一点故乡的消息的。

两个人本来是上下年纪的小学校的同学，虽然在这二十几年中见面的机会不多，但或当暑假，或在异乡，偶尔通着的时候，却也有一段不能自已的柔情，油然会生起在各个的胸中。我的这一回的突然的袭击，原也不过是想使他惊骇一下，用以加增加增亲热的效力的企图；升堂一见，他果然是被我骇倒了。

“哦！真难得！你是几时上杭州来的？”他惊笑着问我。

“来了已经多日了，我因为想静静儿的写一点东西，所以朋友们都还没有去看过。今天实在天气太好了，在家里坐不住，因而一口气就跑到了这里。”

“好极！好极！我也正在打算出去走走，就同你一道上溪口去吃茶去罢，沿钱塘江到溪口去的一路的风景，实在是不错！”

沿溪入谷，在风和日暖，山近天高的田塍道上，二人慢慢地走着，谈着，走到九溪十八涧的口上的时候，太阳已经斜到了去山不过丈来高的地位了。在溪房的石条上坐落，等茶庄里的老翁去起茶煮水的中间，向青翠还像初春似的四山一看，我的心坎里不知怎么，竟充满了一股说不出的飒爽的清气。两人在路上，说话原已经说得很多了，所以一到茶庄，都不想再说下去，只瞪目坐着，在看四周的山和脚下的水，忽而嘘朔朔朔的一声，在半天里，晴空中一只飞鹰，象霹雳似的叫过了，两山的回音，更缭绕地震动了许多时。我们两人头也不仰起来，只竖起耳朵，在静听着这鹰声的响过。回响过后，两人不期而遇的将视线凑集了拢来，更同时破颜发了一脸微笑，也同时不谋而合地叫了出来说：“真静啊！”

“真静啊！”

等老翁将一壶茶搬来，也在我们边上的石条上坐下，和我们攀谈了几句之后，我才开始问他说：“久住在这样寂静的山中，山前山后，一个人也没有得看见，你们倒也不觉得怕的么？”

“伯啥东西？我们又没有龙连（钱），强盗绑匪，难道肯到孤老院里来讨饭吃的么？并且春三二月，外国清明，这里的游客，一天也有好几千。冷清的，就只不过这几个月。”

我们一面喝着清茶，一面只在贪味着这阴森得同太古似的山中的寂静，不知不觉，竟把摆在桌上的四碟糕点都吃完了，老翁看了我们的食欲的旺盛，就又推荐着他们自造的西湖藕粉和桂花糖说：“我们的出品，非但在本省口碑载道，就是外省，也常有信来邮购的，两位先生冲一碗尝尝看如何？”

大约是山中的清气，和十几里路的步行的结果罢，那一碗看起来似鼻涕，吃起来似泥沙的藕粉，竟使我们嚼出了一种意外的鲜味。等那壶龙井芽茶，冲得已无茶味，而我身边带着的一封绞盘牌也只剩了两枝的时节，觉得今天足行得特别快的那轮秋日，早就在西面的峰旁躲去了。谷里虽掩下了一天阴影，而对面东首的山头，还映得金黄浅碧，似乎是山灵在预备去赴夜宴而铺陈着浓妆的样子。我昂起了头，正在赏玩着这一幅以青天为背景的夕照的秋山，忽所见耳旁的老翁以富有抑扬的杭州土音计算着账说：“一茶，四碟，二粉，五千文！”

我真觉得这一串话是有诗意极了，就回头来叫了一声说：

“老先生！你是在对课呢？还是在作诗？”

他倒惊了起来，张圆了两眼呆视着问我：

“先生你说啥话语？”

“我说，你不是在对课么？三竺六桥，九溪十八涧，你不是对上了‘一茶四碟，二粉五千文’了么？”

说到了这里，他才摇动着胡子，哈哈的大笑了起来，我们也一道笑了。付账起身，向右走上了去理安寺的那条石砌小路，我们俩在山嘴将转弯的时候，三人的呵呵呵呵的大笑的余音，似乎还在那寂静的山腰，寂静的溪口，作不绝如缕的回响。

零　余　者

◇郁达夫

前进！前进！像这样的前进吧！不要休止，不要停下来！

"Arm am Beutel, krank am Herzen,

Schleppt ich meine langen Tage,

Armut ist die groesste Plage,

Reichtum ist das hoechste Gut."

不晓在什么时候什么地方看见过的这几句诗，轻轻地在口头念着，我两脚合了微吟的拍子，又慢慢地在一条城外的大道上走了。

袋里无钱，心头多恨。

这样无聊的日子，教我捱到何时始尽。

啊啊，贫苦是最大的灾星，

富裕是最上的幸运。

诗的意思，大约不外乎此，实际上人生的一切，我想也尽于此了。"不过令人愁闷的贫苦，何以与我这样的有缘？使人生快乐的富裕，何以总与我绝对的不来接近？"我眼睛呆呆的注视着前面空处，两脚一步一步踏上前去，一面口中虽在微吟，一面于无意中又在作这些牢骚的想头。

是日斜的午后，残冬的日影，大约不久也将收敛光辉了，城外一带的空气，仿佛要凝结拢来的样子。视野中散在那里的灰色的城墙，冰冻的河道，沙土的空地荒田和几丛枯曲的疏树，都披了淡薄的斜阳，在那里伴人的孤独。一直在前面大约在半里多路前的几个行人，因为他们和我中间距离太远了，在我脑里竟不发生什么影响。我觉得他们的几个肉体，和散在道旁的几家泥屋及左面远立着的教会堂，都是一类的东西，散漫零乱，中间没有半点联络，也没有半点生气，当然更没有一些儿的情感了。

“唉嘿，我也不知在这里干什么？”

微吟倦了，我不知不觉便轻轻地长叹了一声。慢慢地走去，脑里的思想，只往昏黑的方面进行；我的头愈俯愈下了。

——实在我的衰退之期，来得太早了。……像这样一个人在郊外独步的时候，若我的身子忽而能同一堆春雪遇着热汤似的消化得干干净净，岂不很好么？……回想起来，又觉得我过去二十余年的生涯是很长的样子……我什么事情没有做过？……儿子也生了，女人也有了，书也念了，考也考过好几次了，哭也哭过，笑也笑过，嫖赌吃着，心里发怒，受人欺辱，种种事情，种种行为，我都经验过了，我还有什么事情没有做过？……等一等，让我再想一想看，究竟有没有什么没有经验过的事情了……自家死还没有死过；啊，还有还有，我高声骂人的事情还不曾有过，譬如气得不得了的时候，放大了喉咙，把敌人大骂一场的事情。就是复仇复了的时候的快感，我还没有感得过。……啊啊！还有还有，监牢还不曾坐过……唉，但是假使这些事情，都被我经验过了，也有什么？结果还不是一个空么？……嘿嘿，嗯嗯。——到了这里，我的思想的连续又断了。

袋里无钱，心头多恨。

这样无聊的日子，教我捱到何时始尽。

啊啊，贫苦是最大的灾星，

富裕是最上的幸运。

微微的重新念着前诗，我抬起头来一看，觉得太阳好像往西边又落了一段，倒在右手路上的自己的影子，更长起来了。从后面来的几乘人力车，也慢慢地赶过了我。一边让他们的路，一边我听取了坐车的人和车夫在那里谈话的几句断片。他们的话题，好像是关于女人的事情。啊啊，可羡的你们这几个虚无主义者，你们大约是上前边黄土坑去买快乐去的吧，我见了你们，倒恨起我自家没有以前的生趣来了。

一边想一边往西北走去，不知不觉已走到了京绥铁路的路线上。从此偏东北的再进几步，经过了白房子的地狱，便可顺了通万牲园的大道进西直门去的。苍凉的暮色，从我的灰黄的周围逼近拢来，那倾斜的赤日，也一步一步地低垂下去了。大好的夕阳，留不多时，我自家以为在冥想里沉没得不久，而四边的急景，却告诉我黄昏将至了。在这荒野里的物体的影子，渐渐的散漫了起来。不知从何处吹来的微风，也有些急促的样子，带着一种惨伤的寒意。后面踱踱踱踱地又来了一乘空的运货马车，一个披着光面皮里子的车夫，默默地斜坐在前头车板上吃烟，我忽而感觉得天寒岁暮，好像一个人漂泊在俄国的乡下。马车去远了，白房子的门外，有几乘黑旧的人力车停在那里。车夫大约坐在踏脚板上休息，所以看不出他们的影子来。我避过了白房子的地狱，从一块高墈上的地里，打算走上通西直门的大道上去。从这高处向四边一望，见了凋丧零乱排列在灰色幕上的野景，更使我感得了一种日暮的悲哀。

——唉唉，人生实在不知究竟是什么一回事？歌歌哭哭，死死生生……世界社会，兄弟朋友，妻子父母，还有恋爱，啊呀，恋爱，恋爱，恋爱……还有金钱……啊啊……

Armut ist die groesste Plage,

Reichtum ist das hoechste Gut.德文，译为：啊啊，贫苦是最大的灾星，富裕是最上的幸运。

好诗好诗！

The curfew tolls the knell of parting day,

The lowing herd winds slowly oer the lea,

The ploughman homeward plods his weary way,

And leaves the world to darkness and to me.英语，英国诗人托麦斯·格雷（1716~1771）所作《墓畔哀歌》一诗中的句子。卞之琳曾译为：晚钟响起来一阵阵给白昼报丧，牛群在草地上迂回，吼声起落。耕地人累了，回家走，脚步踉跄，把整个世界留给了黄昏与我。

好诗好诗！

And leaves the world to darkness and to me.

我的错杂的思想，又这样的弥散开来了。天空高处，寒风呜呜地响了几下，我俯倒了头，尽往东北地走去，天就快黑了。

远远的城外河边，有几点灯火，看得出来，大约紫蓝的天空里，也有几点疏星放起光来了吧？大道上断续的有几乘空马车来往，车轮的踱踱踱踱的声音，好像是空虚的人生的反响，在灰暗寂寞的空气中散了。我遵了大道，以几点灯火作了目标，将走近西直门的时候，模糊隐约的我的脑里，忽而起了一个霹雳。到这时候止，常在脑里起伏的那些毫无系统的思想，都集中在一个中心点上，成了一个霹雳，显现了出来。

“我是一个真正的零余者！”

这就是霹雳的核心，另外的许多思想，不过是些附属在这霹雳上的枝节而已。这样的忽而发现了思想的中心点，以后我就用了科学的方法推了下去：

——我的确是一个零余者，所以对于社会人世是完全没有用的。a superfluous man! a useless man! superfluous! superfluous……英语，译为：一个多余的人！一个无用的人！多余的！多余的……证据呢？这是很容易证明的……——

这时候，我的两只脚已经在西直门内的大街上运转。四边来往的人类，究竟比城外混杂得多。天也已经昏黑，道旁的几家破店和小摊，都点上灯了。

——第一……我且从远处说起吧……第一，我对于世界是完全没有用的。……我这样生在这里，世界和世界上的人类，也不能受一点益处；反之，我死了，世界社会，也没有一些儿损害，这是千真万确的。……第二，且说中国吧！对于这样混乱的中国，我竟不能制造一个炸弹，杀死一个坏人。中国生我养我，有什么用处呢？……再缩小一点，嗳，再缩小一点，第三，第三且说家庭吧！啊，对于我的家庭，我却是个少不得的人了。在外国念书的时候，已故的祖母听见说我有病，就要哭得两眼红肿。就是半男性的母亲，当我有一次醉死在朋友家里的时候，也急得大哭起来。此外我的女人，我的小孩，当然是少我不得的！哈哈，还好还好，我还是个有用之人。——

想到了这里，我的思想上又起了一个冲突。前刻发现的那个思想上的霹雳，几乎可以取消的样子，但迟疑了一会，我终究解决不了这个问题的矛盾性。抬起头来一看，我才知道我的身体已被我搬在一条比较热闹的长街上行动。街路两旁的灯火很多，来往的车辆也不少，人声也很嘈杂，已经是真正的黄昏时候了。

——像这样的时候，若我的女人在北京，大约我总不会到市上来飘荡的吧！在灯火底下，抱了自家的儿子，一边吻吻他的小嘴，一边和来往厨下忙碌的她问答几句，踱来踱去，踱去踱来，多少快乐啊！啊啊，我对于我的女人，还是一个有用之人哩！不错不错，前一个疑问，还没有解决，我究竟还是一个有用之人么？——

这时候，我意识里的一切周围的印象，又消失了。我还是伏倒了头，慢慢地在解决我的疑问：

——家庭，家庭……第三，家庭……让我看，哦，啊，我对于家庭还是一个完全无用之人！……丝毫没有功利主义的存心，完全沉溺于的盲目之爱的我的祖母，已经死了。母亲呢？……啊啊，我读书学术，到了现在，还不能做出一点轰轰烈烈的事业来，就是这几块钱……——

我那时候两只手却插在大氅的袋内，想到了这里，两只手自然而然的向袋里散放着的几张钞票捏了一捏。

——啊啊，就是这几块钱，还是昨天从母亲那里寄出来的，我对于母亲有什么用处呢？我对于家庭有什么用处呢？我的女人，我不去娶她，总有人会去娶她的；我的小孩，我不生他，也有人会生他的，我完全是一个无用之人呀，我依旧是一个无用之人呀！——

急转直下地想到了这里，我的胸前忽觉得有一块铁板压着似的难过得很。我想放大了喉咙，啊的大叫它一声，但是把嘴张了好几次，喉头终放不出音来。没有方法，我只能放大了脚步，向前同跑也似的急进了几步。这样的不知走了几分钟，我看见一乘人力车跑上前来兜我的买卖。我不问皂白，跨上了车就坐定了。车夫问我上什么地方去，我用手向前指指，喉咙只是和被热铁封锁住的一样，一句话也讲不出来。人力车向前面跑去，我只见许多灯火人类，和许多不能类列的物体，在我的两旁旋转。

“前进！前进！像这样的前进吧！不要休止，不要停下来！”

我心里一边在这样的希望，一边却在恨车夫跑得太慢。

还 乡 记

◇郁达夫

我平生感得幸福的时间，总不能长久。一时觉得非常满足之后，其后必有绝大的悲怀相继而起。

一

大约是午前四五点钟的样子，我的过敏的神经忽而颤动了起来。张开了半只眼，从枕上举起非常沉重的头，半醒半觉的向窗外一望，我只见一层灰白色的云丛，密布在微明的空际，房里的角上桌下，还有些暗夜的黑影流荡着，满屋沉沉，只充满了睡声，窗外也没有群动的声息。

“还早哩！”

我的半年来睡眠不足的昏乱的脑经，这样的忖度了一下，我的有些昏痛的头颅仍复投上了草枕，睡着了。

第二次醒来，急急的跳出了床，跑到窗前去看跑马厅的大自鸣钟的时候，我的心里忽而起了一阵狂跳。我的模糊的睡眼，虽看不清那大自鸣钟的时刻，然而我的第六官却已感得了时间的迟暮，八点钟的快车大约总赶不到了。

天气不晴也不雨，天上只浮满了些不透明的白云，黄梅时节将过的时候，像这样的天气原是很多的。

我一边跑下楼去匆匆地梳洗，一边催听差的起来，问他是什么时候。因为我的一个镶金的钢表，在东京换了酒吃，一个新买的“爱而近”，去年在北京又被人偷了去，所以现在我只落得和桃花源里的乡老一样，要知道时刻，只能问问外来的捕鱼者“今是何世？”。

听说是七点三刻了，我忽而衔了牙刷，莫名其妙地跑上楼跑下楼的跑了几次，不消说心中是在懊恼的。忙乱了一阵，后来又仔细想了一想，觉得终究是赶不上八点的早车了，我的心倒渐渐地平静了下去。慢慢地洗完了脸，换了衣服，我就叫听差的去雇了一乘人力车来，送我上火车站去。

我的故乡在富春山中，正当清冷的钱塘江的曲处。车到杭州，还要在清流的江上坐两点钟的轮船。这轮船有午前午后两班，午前八点，午后二点，各有一只同小孩的玩具似的轮船由江干开往桐庐去的。若在上海乘早车动身，则午后四五点钟，当午睡初醒的时候，我便可到家，与闺中的儿女相见，但是今天已经是不行了。（是阴历的六月初二）

不能即日回家，我就不得不在杭州过夜，但是羞涩的阮囊，连买半斤黄酒的余钱也没有的我的境遇，教我哪里能忍此奢侈。我心里又发起恼来了。可恶的我的朋友，你们既知道我今天早晨要走，昨夜就不该谈到这样的时候才回去的。可恶的是我自己，我已决定于今天早晨走，就不该拉住了他们谈那些无聊的闲话的。这些也不知是从哪里来的话？这些话也不知有什么兴趣？但是我们几个人愁眉蹙额的聚首的时候，起先总是默默，后来一句两句，话题一开，便倦也忘了，愁也丢了，眼睛就放起怖人的光来，有时高笑，有时痛哭，讲来讲去，去岁今年，总还是这几句话：

“世界真是奇怪，像这样轻薄的人，也居然能成中国的偶像的。”

“正唯其轻薄，所以能享盛名。”

“他的著作是什么东西呀！连抄人家的著书还要抄错！”

“唉唉！”

“还有××呢！比××更卑鄙，更不通，而他享的名誉反而更大！”

“今天在车上看见的那个犹太女子真好哩！”

“她的屁股正大得爱人。”

“她的臂膊！”

“啊啊！”

“恩斯来的那本《彭思生里参拜记》，你念到什么地方了？”

“三个东部的野人，
三个方正的男子，
他们起了崇高的心愿，
想去看看什，泻，奥夫，欧耳。”

“你真记得牢！”

像这样的毫无系统，漫无头绪的谈话，我们不谈则已，一谈起头，非要谈到块垒消尽，悲愤泄完的时候不止。唉，可怜的有识无产者，这些清谈，这些不平，与你们的脆弱的身体，高亢的精神，究有何补？罢了罢了，还是回头到正路上去，理点生产罢！

昨天晚上有几位朋友，也在我这里，谈了些这样的闲话，我入睡迟了，所以弄得今天赶车不及，不得不在西子湖边，住宿一宵。

我坐在人力车上，孤伶伶地看着上海的清淡的早市，心里只在怨恨朋友，要使我多破费几个旅费。

二

人力车到了北站，站上人物萧条得很。大约是正在快车开出之后，慢车未发之先，所以现出这沉静的状态。我得了闲空，心里倒生出了一点余裕来，就在北站构内，闲走了一回。因为我此番归去，本来想去看看故乡的景状，能不能容我这零余者回家高卧，所以我所带的，只有两袖清风，一只空袋，和填在鞋底里的几张钞票——这是我的脾气，有钱的时候，老把它们填在鞋子底里。一则可以防止扒手，二则因为我受足了金钱的迫害，借此可以满足我对金钱复仇的心思，有时候我真有用了全身的气力，拼死蹂践它们的举动——而已，身边没有行李，在车站上跑来跑去是非常自由的。

天上的同棉花似的浮云，一块一块的消散开来，有几处竟现出青苍的笑靥来了。灰黄无力的阳光，也有几处看得出来。虽有霏微的海风，一阵阵夹了灰土煤烟，吹到这灰色的车站中间，但是伏天的暑热，已悄悄地在人的腋下腰间送信来了。啊啊！三伏的暑热，你们不要来缠扰我这消瘦的行路病者！你们且上富家的深闺里去，钻到那些丰肥红白的腿间乳下去，把她们的香液蒸发些出来罢！我只有这一件半旧的夏布长衫，若被汗水流污了，那明天就没得更换的呀！

在车站上踏来踏去地走了几遍，站上的行人，渐渐的多起来了。男的女的，行者送者，面上都堆着满贮希望的形容，在那里左旋右转。但是我——单只是我一个人——也无朋友亲戚来送我的行，更无爱人女弟，来作我的伴，只在脆弱的心中，无端地充满了万千的哀感：

“论才论貌，在中国的二万万男子中间，我也不一定说是最下流的人，何以我会变成这样的孤苦的呢！我前世犯了什么罪来？我生在什么星的底下的？我难道真没有享受快乐的资格的么？我不能信，我怎么也不能信。”

这样的一想，我就跑上车站的旁边入口处去，好像是看见了我认识的一位美妙的女郎来送我回家的样子。我走到门口，果真见了几个穿时样的白衣裙的女子，刚从人力车下来。其中有一个十七八岁的，戴白色运动软帽的女学生，手里提了三个很重的小皮箧，走近了我的身边，我不知不觉竟伸出了一只手去，想为她代拿一个皮箧，好减轻她一点负担，但她站住了脚，放开了黑晶晶的两只大眼反很诧异地对我看了一眼。

“啊啊！我错了，我昏了，好妹妹，请你不要动怒；我不是坏人，我不是车站上的小窃，不过我的想象力太强，我把你当作了我的想象中的人物，所以得罪了你。恕我恕我，对不起，对不起，你的两眼的责罚，是我所甘受的，你即用了你那只柔软的小手，批我一顿，我也是甘受的，我错了，我昏了。”

我被她的两眼一看，就同将睡的人受了电击一样，立时涨红了脸，发出了一身冷汗，心里作了一遍谢罪之辞，缩回了手，低下了头，匆匆地逃走了。

啊啊！这不是衣锦的还乡，这不是罗皮康（Rubicon）的南渡，有谁来送我的行，有谁来作我的伴呢！我的空想也未免太不自量了，我避开了那个女学生，逃到了车站大门口的边上人丛中躲藏的时候，心里还在跳跃不住。凝神屏气的立了一会，向四边偷看了几眼，一种不可捉摸的感情，笼罩上我的全身，我就不得不把我的夏布长衫的小襟拖上面去了。

三

“已经是八点四十五分了。我在这里躲藏也躲藏不过去的，索性快点去买一张票来上车去吧！但是不行不行，两边买票的人这样的多，也许她是在内的，我还是上口头的那扇近大门的窗口去买吧！这里买票的人却少得很！”

这样的打定了主意，我就东探西望地走上那玻璃窗口，去买了一张车票。伏倒了头，气喘吁吁地跑进了月台，我方晓得刚才买的是一张二等票，想想我脚下的余钱，又想想今晚在杭州不得不付的膳宿费，我心里忽而清了一清。经济与恋爱是不能两立的，刚才那女学生的事情，也渐渐地被我忘了。

浙江虽是我的父母之邦，但是浙江的知识阶级的腐败，一班教育家政治家对军人的谄媚，对平民的压制，以及小政客的婢妾的行为，无厌的贪婪，平时想起就要使我作呕。所以我每次回浙江去，总抱了一腔羞嫌的恶怀，障扇而过杭州，不愿在西子湖头作半日的勾留。只有这一回到了山穷水尽，我萎萎颓颓的逃返家中，仍想到我所嫌恶的故土去求一个息壤！投林的倦鸟，返壑的衰狐，当没有我这样的懊丧落胆的。啊啊！浪子的还家，只求老父慈兄，不责备我就对了，哪里还有批评故乡，憎嫌故乡的心思，我一想到这一次的卑微的心境，又不觉泫泫的落下泪来了。

我孤苦伶仃地坐在车里，看看外面月台上跑来跑去的旅人，和穿黄色制服的挑夫，觉得模糊零乱，他们与我的中间，有一道冰山隔住的样子。一面看看车站附近各工厂的高高的烟囱，又觉得我的头上身边，都被一层灰色的烟雾包围在那里。我深深地吸了一口气，把车窗打开来看梅雨晴时的空际。天上虽还不能说是晴朗，但一斛晴云，和几道光线，是在那里安慰旅人说：

“雨是不会下了，晴不晴开来，却看你们的运气吧！”

不多一忽，火车慢慢儿地开了。北站附近的贫民窟，同坟墓似的江北人的船室，污泥的水潴，晒在坍败的晒台上的女人的小衣，秽布，劳动者的破烂的衣衫等，一幅一幅的呈到我的眼前来，好像是老天故意把人生的疾苦，编成了这一部有系统的记录，来安慰我的样子。

啊啊，载人离别的你这怪兽！你不终不息的前进，不休不止的前进吧！你且把我的身体，搬到世界尽处去，搬入虚无之境去，一生一世，不要停止，尽是行行，行到世界万物都化作青烟，你我的存在都变成乌有的时候，那我就感激你不尽了。

由现代的物质文明产生出来的贫苦之景，渐渐地被大自然掩盖了下去，贫民窟过了，大都会附近之小镇（Vorstadt）过了，路线的两岸，只有平绿的田畴，美丽的别墅，洁净的野路，和壮健的农夫。在这调和的盛夏的野景中间，就是在路上行走的那一乘黄色人力车夫，也带有些浪漫的色彩。他好像是童话里的人物，并不是因为衣食的原因，却是为了自家的快乐，拉了车在那里行走的样子。若要在这大自然的微笑中间，指出一件令人不快的事物来，那就是野草中间横躺着的棺冢了。穷人的享乐，只有陶醉在大自然怀里的一刹那。在这一刹那中间，他能把现实的痛苦，忘记得干干净净，与悠久的天空，广漠的大地，化而为一。这是何等的残虐，何等的恶毒呢！当这样的地方，这样的时候，偏要把人间的归宿，生物的运命，赤裸裸的指给他看！

我是主张把中国的坟冢，把野外的枯骨，都掘起来付之一炬，或投入汪洋的大海里去的。

四

过了徐家汇，梵王渡，火车一程一程的进去，车窗外的绿色也一程一程的浓润起来；啊啊，我自失业以来，同鼠子蚊虫，蛰居在上海的自由牢狱里，已经有半年多的光景。我真想不到野外的自然，竟长得如此的清新，郊原的空气，会酿得如此的爽健的。啊啊，自然呀，大地呀，生生不息的万物呀，我错了，我不应该离开了你们，到那秽浊的人海中间去觅食去的。

车过了莘庄，天完全变晴了。两旁的绿树枝头，蝉声浑如雨降。我侧耳听听，回想我少年时的景象，像在做梦。悠悠的碧落，只留着几条云彩，在空际作霓裳的雅舞。一道阳光，偏洒在浓绿的树叶，匀称的稻秧，和柔软的青草上面。被黄梅雨盛满的小溪，奇形的野桥，水车的茅亭，高低的土堆，与红墙的古庙，洁净的农场，一幅一幅同电影似的尽在那里更换。我以车窗作了镜框，把这些天然的图画看得迷醉了，直等火车到松江停住的时候止，我的眼睛竟瞬息也没有移动。唉，良辰美景奈何天，我在这样的大自然里怕已没有生存的资格了罢，因为我的腕力，我的精神，都被现代的文明撒下了毒药，恶化成零，我哪里还有执了锄耜，去和农夫耕作的能力呢！

正直的农夫呀，你们是世界的养育者，是世界的主人公，我情愿为你们做牛做马，代你们的劳，你们能分一杯麦饭给我么？

车过了松江，风景又添了一味和平的景色。弯了背在田里工作的农夫，草原上散放着的羊群，平桥浅渚，野寺村场，都好像在那里作会心的微笑。火车飞过一处乡村的时候，一家泥墙草舍里忽有几声鸡唱的声音，传了出来。草舍的门口有一个赤膊的农夫，吸着烟站在那里对火车呆看。我看了这些纯朴的村景，又不知不觉地叫了起来：

“啊啊！这和平的村落，这和平的村落，我几年不与你相接了。”

大约是叫得太响了，我的前后的同车者，都对我放起惊异的眼光来。幸而这是慢车，坐二等车的人不多，否则我只能半途跳下车去，去躲避这一次的羞耻了。我被他们看得不耐烦，并且肚里也觉得有些饥了，用手向鞋底里摸了一摸，迟疑了一会，便叫过茶房来，命他为我搬一客番菜来吃。我动身的时候，脚底下只藏着两张钞票。火车票买后，左脚下的一张钞票已变成了一块多的找头，依理而论是不该在车上大吃的。然而愈有钱愈想节省，愈贫穷愈要瞎化，是一般的心理，我此时也起了自暴自弃的念头：

“横竖是不够的，节省这几个钱，有什么意思，还是吃吧！”

但是一个欲望满足了的时候，第二个欲望马上要起来的，我喝了汤，吃了块面包之后，喉咙觉得干渴起来了，便又起了一个自暴自弃的念头，率性叫茶房把啤酒汽水拿两瓶来吧。啊啊，危险危险，我右脚下的一张钞票，已有半张被茶房撕去了。

一边饮食，一边我仍在赏玩窗外的水光云影。在几个小车站上停了几次，轰轰地过了几处铁桥，等我中餐吃完的时候，火车已经过了嘉兴驿了，吃了个饱满，并且带了三分醉意，我心里虽时时想到今晚在杭州的膳宿费，和明天上富阳去的轮船票，不免有些忧郁，但是以全体的气概讲来，这时候我却是非常快乐，非常满足的：

“人生是现在一刻的连续，现在能够满足，不就好了么？一刻之后的事情，又何必去想它，明天明年的事情，更可丢在脑后了。一刻之后，谁能保得火车不出轨！谁能保得我不死？罢了罢了，我是满足得很！哈哈哈哈……”

我心里这样的很满足的在那里想，我的脚就慢慢的走上车后的眺望台去。因为我坐的这挂车是最后的一挂，所以站在眺望台上，既可细看野景，又可静听蝉鸣，接受些天风。我站在台上，一手捏住铁栏，一手用了半枝火柴在剔牙齿。凉风一阵阵地吹来，野景一幅幅的过去，我真觉得太幸福了。

五

我平生感得幸福的时间，总不能长久。一时觉得非常满足之后，其后必有绝大的悲怀相继而起。我站在车台上，正在快乐的时候，忽而在万绿丛中看见了一幅美满的家庭团叙之图。一个年约三十一二的壮健的农夫，两手擎了一个周岁的小孩，在桑树影下笑乐。一个穿青布衫的与农夫年纪相仿的农妇，笑微微的站在旁边守着他们。在他们上面晒着的阳光树影，更把他们的美满的意情表现得十分明显。地上摊着一只饭箩，一瓶茶，几只菜饭碗。这一定是那农妇送来飨她男人的无疑。啊啊，桑间陌上，夫唱妇随，更有你两个爱情的结晶，在中间作姻缘的缔带，你们是何等幸福呀！然而我呢！啊啊我啊？我是一个有妻不能爱，有子不能抚的无能力者，在人生战斗场上的惨败者，现在是在逃亡的途中的行路病者，啊！农夫呀农夫，愿你与你的女人和好终身，愿你的小孩聪明强健，愿你的田谷丰多，愿你幸福！你们的灾殃，你们的不幸，全交给了我。凡地上一切的苦恼，悲哀，患难，索性由我一人负担了去吧！

我心里虽这样的在替他祝福，我的眼泪却连连续续地落了下来。半年以来，因为失业的原因，在上海流离的苦处，我想起来了。三个月前头，我的女人和小孩，孤苦伶仃的由这条铁路上经过，萧萧索索的回家去的情状，我也想出来了。啊啊，农家夫妇的幸福，读书阶级的飘零！我女人经过的悲哀的足迹，现在更由我在一步步的践踏过去！若是有情，怎得不哭呢！

四围的景色，忽而变了，一刻前那样丰润华丽的自然的美景，都好像在那里嘲笑我的样子：

“你回来了么？你在外国住了十几年，学了些什么回来？你的能力怎么不拿些出来让我们看看？现在你有养老婆儿子的本领么？哈哈！你读书学术，到头来还是归到乡间去啮你祖宗的积聚！”

我俯首看看飞行车轮，看看车轮下的两条白闪闪的铁轨和枕木卵石，忽而感得了一种强烈的死的诱惑。我的两脚抖了起来，踉跄前进了几步，又呆呆的俯视了一忽，两手捏住了铁栏，我闭着眼睛，咬紧牙齿，在脚尖上用了一道死力，便把身体轻轻地抬跳起来了。

六

啊啊，死的胜利呀！我当时若志气坚强一点，早就脱离了这烦恼悲苦的世界，此刻好坐在天神Beatrice的脚下拈花作微笑了。但是我那一跳，气力没有用足。我打开眼睛来看时，大地高天，稻田草地，依旧在火车的四周驰骋，车轮的辗声，依旧在我的耳朵里雷鸣，我的身体却坐在栏杆的上面，绝似病了的鹦鹉，被锁住在铁条上待毙的样子。我看看两旁的美景，觉得半点钟以前的称颂自然美的心境，怎么也回复不过来。我以泪眼与硖石的灵山相对，觉得硖西公园后石山上在太阳光下游玩的几个男女青年，都是挤我出世界外去的魔鬼。车到了临平，我再也不能细赏那荷花世界柳丝乡的风味。我只觉得青翠的临平山，将要变成我的埋骨之乡。笕桥过了，艮山门过了。灵秀的宝俶山，奇兀的北高峰，清泰门外贯流着的清浅的溪流，溪流上摇映着的萧疏的杨柳，野田中交叉的窄路，窄路上的行人，前朝的最大遗物，参差婉绕的城墙，都不能唤起我的兴致来。车到了杭州城站，我只同死刑囚上刑场似的下了月台。一出站内，在青天皎日的底下，看看我儿时所习见的红墙旅舍，酒馆茶楼，和年轻气锐的生长在都会中的妙年人士，我心里只是怦怦地乱跳，仰不起头来。这种幻灭的心理，若硬要把它写出来的时候，我只好用一个譬喻。譬如当青春的年少，我遇着了一位绝世的佳人，她对我本是初恋，我对她也是第一次的破题儿。两人相携相挽，同睡同行，春花秋月地过了几十个良宵。后来我的金钱用尽，女人也另外有了心爱的人儿，她就学了樊素，同春去了。我只得和悲哀孤独，贫困恼羞，结成伴侣。几年在各地流浪之余，我年纪也大了，身体也衰了，披了一身破褴的衣服，仍复回到当时我两人并肩携手的故地来。山川草木，星月云霓，仍不改其美观。我独坐湖滨，正在临流自吊的时候，忽在水面看见了那弃我而去的她的清影。她容貌同几年前一样的娇柔，衣服同几年前一样的华丽，项下挂着的一串珍珠，比从前更加添了一层光彩，额上戴着的一圈玛瑙，比曩时更红艳得多了。且更有难堪者，回头来一看，看见了一位文秀闲雅的美少年，站在她的背后，用了两手在那里摸弄她的腰背。

啊啊！这一种譬喻，值得什么？我当时一下车站，对杭州的天地感到的那一种羞惭懊丧，若以言语可以形容的时候，我当时的夏布衫袖，就不会被泪汗湿透了，因为说得出譬喻得出的悲怀，还不是世上最伤心的事情呀。我慢慢俯了首，离开了刚下车的人群与争揽客人的车夫和旅馆的招待者，独行踽踽地进了一家旅馆，我的心里好像有千斤重的一块铅石垂在那里的样子。

开了一个单房间，洗了一个脸，茶房拿了一张纸来，要我填上姓名年岁籍贯职业。我对他呆呆地看了一忽，他好像是疑我不曾出过门，不懂这规矩的样子，所以又仔仔细细的解说了一遍。啊啊，我哪里是不懂规矩，我实在是没有写的勇气哟，我的无名的姓氏，我的故乡的籍贯，我的职业！啊啊！叫我写出什么来？

被他催迫不过，我就提起笔来写了一个假名，填上了“异乡人”的三字，在职业栏下写了一个无字。不知不觉我的眼泪竟濮嗒濮嗒的滴了两滴在那张纸上。茶房也看得奇怪，向纸上看了一看，又问我说：

“先生府上是哪里，请你写上了吧，职业也要写的。”

我没有方法，就把异乡人三字圈了，写上“朝鲜”两字，在职业之下也圈了一圈，填了“浮浪”两字进去。茶房出去之后，我就关上了房门，倒在床上尽情地暗泣起来了。

七

伏在床上暗泣了一阵，半日来旅行的疲倦，征服了我的心身。在朦胧半觉的中间，我听见了几声咯咯的叩门声。糊糊涂涂地起来开了门，我看见祖母，不言不语地站在门外。天色好像晚了，房里只是灰黑的辨不清方向。但是奇怪得很，在这灰黑的空气里，祖母面上的表情，我却看得清清楚楚。这表情不是悲哀，当然也不是愉乐，只是一种压人的庄严的沉默。我们默默地对坐了几分钟，她才移动了她那皱纹很多的嘴说：

“达！你太难了，你何以要这样的孤洁呢！你看看窗外看！”

我向她指着的方向一望，只见窗下街上黑暗嘈杂的人丛里有两个大火把在那里燃烧，再仔细一看，火把中间坐着一位木偶，但是奇极怪极，这木偶的面貌，竟完全与我的一个朋友的面貌一样。依这情景看来，大约是赛会了，我回转头来正想和祖母说话，房内的电灯拍的响了一声，放起光来了，茶房站在我的床前，问我晚饭如何？我只呆呆的不答，因为祖母是今年二月里刚死的，我正在追想梦里的音容，哪里还有心思回茶房的话哩？

遣茶房走了，我洗了一个面，就默默地走出了旅馆。夕阳的残照，在路旁的层楼屋脊上还看得出来。店头的灯火，也星星的上了。日暮的空气，带着微凉，拂上面来。我在羊市街头走了几转，穿过车站的庭前，踏上清泰门前的草地上去。沉静的这杭州故郡，自我去国以来，也受了不少的文明的侵害，各处的旧迹，一天一天的被拆毁了。我走到清泰门前，就起了一种怀古之情，走上将拆而犹在的城楼上去。城外一带杨柳桑树上的鸣蝉，叫得可怜。它们的哀吟，一声声沁入了我的心脾，我如同海上的浮尸，把我的情感，全部付托了蝉声，尽做梦似的站在丛残的城堞上看那西北的浮云和暮天的急情，一种淡淡的悲哀，把我的全身溶化了。这时候若有几声古寺的钟声，当当的一下一下，或缓或徐的飞传过来，怕我就要不自觉地从城墙上跳入城濠，把我灵魂和入在晚烟之中，去笼罩着这故都的城市。然而南屏还远，CurfewCurfew，（英语，本指中世纪人们用来熄灯睡觉的晚钟，暮钟，这里指古寺的钟声）。今晚上是不会鸣了。我独自一个冷清清地立了许久，看西天只剩了一线红云，把日暮的悲哀尝了个饱满，才慢慢地走下城来。这时候天已黑了，我下城来在路上的乱石上钩了几脚，心里倒起了一种莫名其妙的恐怖。我想想白天在火车上谋自杀的心思和此时的恐怖心一比，就不觉微笑了起来，啊啊，自负为灵长的两足动物哟，你的感情思想，原只是矛盾的连续呀！说什么理性？讲什么哲学？

走下了城，踏上清冷的长街，暮色已经弥漫在市上了。各家的稀淡的灯光，比数刻前增加了一倍势力。清泰门直街上的行人的影子，一个一个从散射在街上的电灯光里闪过，现出一种日暮的情调来。天气虽还不曾大热，然而有几家却早把小桌子摆在门前，露天的在那里吃晚饭了。我真成了一个孤独的异乡人，光了两眼，尽在这日暮的长街上行前进。

我在杭州并非没有朋友，但是他们或当厅长，或任参谋，现在正是非常得意的时候；我若飘然去会，怕我自家的心里比他们见我之后憎嫌我的心思更要难受。我在沪上，半年来已经饱受了这种冷眼，到了现在，万一家里容我，便可回家永住，万一情状不佳，便拟自决的时候，我再也犯不着去讨这些没趣了。我一边默想，一边看看两旁的店家在电灯下围桌晚饭的景象，不知不觉两脚便走入了石牌楼的某中学所在的地方。啊啊，桑田沧海的杭州，旗营改变了，湖滨添了些邪恶的富家翁的别墅，但是这一条街，只有这一条街，依旧清清冷冷，和十几年前我初到杭州考中学的时候一样。物质文明的幸福，些微也享受不着，现代经济组织的流毒，却受得很多的我，到了这条黑暗的街上，好像是已经回到了故乡的样子，心里忽感得了一种安泰，大约是兴致来了，我就踏进了一家巷口的小酒店里去买醉去。

八

在灰黑的电灯底下，面朝了街心，靠着一张粗木的桌子，坐下喝了几杯高粱，我终觉得醉不成功。我的头脑，愈喝酒愈加明晰，对于我现在的境遇反而愈加自觉起来了。我放下酒杯，两手托着了头，呆呆地向灰暗的空中凝视了一会，忽而有一种沉郁的哀音夹在黑暗的空气里，渐渐地从远处传了过来。这哀音有使人一步一步在感情中沉没下去的魔力，真可以说是中国管弦乐所独具的神奇。过了几分钟，这哀音的发动者渐渐地走近我的身边，我才辨出了胡琴与碰击磁器的谐音来。啊啊！你们原来是流浪的音乐家，在这半开化的杭州城里想来卖艺糊口的可怜虫!

他们二三人的瘦长的清影，和后面跟着看的几个小孩，在酒馆前头掠过了。那一种凄楚的谐音，也一步一步地幽咽了，听不见了。我心里忽起了一种绝大的渴念，想追上他们，去饱尝一回哀音的美味，付清了酒账，我就走出店来，在黑暗中追赶上去。但是他们的几个人，不知走上了什么方向，我拼死的追寻，终究寻他们不着。唉，这昙花的一现，难道是我的幻觉么？难道是上帝显示给我的未来的预言么？但是那悠扬沉郁的弦音和磁盘碰击的声响，还缭绕在我的心中。我在行人稀少的黑暗的街上东奔西走的追寻了一会，没有方法，就只好从丰乐桥直街走到了西湖的边上去。

湖上没有月华，湖滨的几家茶楼旅馆，也只有几点清冷的电灯，在那里放淡薄的微光；宽阔的马路上，行人也寥落得很。我横过了湖塍马路，在湖边上立了许久。湖的三面，只有沉沉的山影，山腰山脚的别庄里，有几点微明的灯火，要静看才看得出来。几颗淡淡的星光，倒映在湖里，微风吹来，湖里起了几声豁豁的浪声。四边静极了。我把一枝吸尽的纸烟头丢入湖里，啾的响了一声，纸烟的火就熄了。我被这一种静寂的空气压迫不过，就放大了喉咙，对湖心噢噢的发了一声长啸，我的胸中觉得舒畅了许多。沿湖的向西走了一段，我忽在树荫下的椅子上，发现了一对青年的男女。他和她的态度太无忌惮了，我心里便忽起了一种诅咒之情，把刚才长啸之后的畅怀消尽了。

啊啊！青年的男女哟！享受青春，原是你们的特权，也是我平时的主张。但是，但是你们在不幸的孤独者前头，总应该谦逊一点，方能完全你们的爱情的美处。你们且牢牢记着吧！对于贫儿，切不要把你们的珍珠宝物显给他看，因为贫儿看了，愈要觉得他自家的贫困的呀！

我从人家睡尽的街上，走回城站附近的旅馆里来的时候，已经是深夜了。解衣上床，躺了一会，终觉得睡不着。我就点上一枝纸烟，一边吸着，一边在看帐顶。在沉闷的旅舍夜半的空气里，我忽而听见了一阵清脆的女人声音，和门外的茶房，在那里说话。

“来哉来哉！噢哟，等得诺（你）半业（日）嗒哉！”

这是轻佻的茶房的声音。

“是哪一位叫的？”

啊啊！这一定是土娼了！

“仰（念）三号里！”

“你同我去呵！”

“噢哟，根（今）朝诺（你）个（的）面孔真白嗒！”

茶房领了她从我门口走过，开入了间壁念三号的房里。

“好哉，好哉！活菩萨来哉！”

茶房领到之后，就关上门走下楼去了。

“请坐。”

“不要客气！先生府上是哪里？”

“阿拉（我）宁波。”

“是到杭州来耍子儿的么？”

“来宵（烧）香个。”

“一个人么？”

“阿拉邑个宁（人），京（今）教（朝）体（天）气轧业（热），查拉（为什么）勿赤膊？”

“舍话语！”

“诺（你）勿脱，阿拉要不（替）诺脱哉。”

“不要动手，不要动手！”

“回（还）朴（怕）倒霉索啦？”

“不要动手，不要动手！我自家来解吧。”

“阿拉要摸一摸！”

吃吃的窃笑声，床壁的震动声。

啊啊！本来是神经衰弱的我，即在极安静的地方，尚且有时睡不着觉，哪里还经得起这样淫荡的吵闹呢！北京的浙江大老诸君呀，听说杭州有人倡设公娼的时候，你们竭力的反对，你们难道还不晓得你们的子女姊妹在干这种营业，而在扰乱及贫苦的旅人的么？盘踞在当道，只知敲剥百姓的浙江的长官呀！你们若只知聚敛，不知济贫，怕你们的妻妾，也要为快乐的原因，学她们的妙技了。唉唉！“邑有流亡愧俸钱”，你们曾听人说过这句诗否！

九

我睡在床上，被间壁的淫声挑拨得不能合眼，没有方法，只得起来上街去闲步。这时候大约是后半夜的一两点钟的样子，上海的夜车已到着，羊市街福禄巷的旅店，都已关门睡了。街上除了几乘散乱停住的人力车外，只有几个敝衣凶貌的罪恶的子孙在灰色的空气里阔步。我一边走一边想起了留学时代在异国的首都里每晚每晚的夜行，把当时的情状与现在在这中国的死灭的都会里这样的流离的状态一对照，觉得我的青春，我的希望，我的生活，都已成了过去的云烟，现在的我和将来的我只剩得极微细的一些儿现实味，我觉得自家实际上已经成了一个幽灵了。我用手向身上摸了一摸，觉得指头触着了一种极粗的夏布材料，又向脸上用了力摘了一把，神经也感得了一种痛苦。

“还好还好，我还活在这里，我还不是幽灵，我还有知觉哩！”

这样的一想，我立时把一刻前的思想打消，却好脚也正走到了拐角头的一家饭馆前了。在四邻已经睡寂的这深更夜半，只有这一家店同睡相不好的人的嘴似的空空洞洞的开在那里。我晚上不曾吃过什么，一见了这家店里的锅子炉灶，便觉得饥饿起来了，所以就马上踏了进去。

喝了半斤黄酒，吃了一碗面，到付钱的时候，我又痛悔起来了。我从上海出发的时候，本来只有五元钱的两张钞票。坐二等车已经是不该的了，况又在车上大吃了一场。此时除付过了酒面钱外，只剩得一元几角余钱，明天付过旅馆宿费，付过早饭账，付过从城站到江干的黄包车钱，哪里还有钱购买轮船票呢？我急得没有方法，就在静寂黑暗的街巷里乱跑了一阵，我的身体，不知不觉又被两脚搬到了西湖边上。湖上的静默的空气，比前半夜，更增加了一层神秘的严肃。游戏场也已经散了，马路上除了拐角头边上的没有看见车夫的几乘人力车外，生动的物事一个也没有。我走上了环湖马路，在一家往时也曾投宿过的大旅馆的窗下立了许久。看看四边没有人影，我心里忽然来了一种恶魔的诱惑。

“破窗进去吧，去撮取几个钱来吧！”

我用了心里的手，把那扇半掩的窗门轻轻地推开，把窗门外的铁杆，细心地拆去了二三枝，从墙上一踏，我就进了那间屋子。我的心眼，看见床前白帐子下摆着一双白花缎的女鞋，衣架上挂着一件纤巧的白华丝纱衫，和一条黑纱裙。我把洗面台的抽斗轻轻抽开，里边在一个小小儿的粉盒和一把白象牙骨折扇的旁边，横躺着一个沿口有光亮的钻珠绽着的女人用的口袋。我向床上看了几次，便把那口袋拿了，走到窗前，心里起了一种怜惜羞悔的心思，又走回去，把口袋放归原处。站了一忽，看看那狭长的女鞋，心里忽又起了一种异想，就伏倒去把一只鞋子拿在手里。我把这女鞋闻了一回，玩了一回，最后又起了一种残忍的决心，索性把口袋鞋子一齐拿了，跳出窗来。我幻想到了这里，忽而回复了我的意识，面上就立时变得绯红，额上也钻出了许多汗珠。我眼睛眩晕了一阵，我就急急地跑回城站的旅馆来了。

十

奔回到旅馆里，打开了门，在床上静静地躺了一忽，我的兴奋，渐渐地镇静了下去。间壁的两位幸福者也好像各已倦了，只有几声短促的鼾声和时时从半睡状态里漏出来的一声二声的低幽的梦话，击动我的耳膜。我经了这一番心里的冒险，神经也已倦竭，不多一会，两只眼包皮就也沉沉地盖下来了。

一睡醒来，我没有下床，便放大了喉咙，高叫茶房，问他是什么时候。

“十点钟哉，鲜散（先生）！”

啊啊！我记得接到我祖母的病电的时候，心里还没有听见这一句回话时的恼乱！即趁早班轮船回去，我的经济，已难应付，哪里还禁得在杭州再留半日呢？况且下午二点钟开的轮船是快班，价钱比早班要贵一倍。我没有方法，把脚在床上蹬踢了一回，只得悻悻地起来洗面。用了许多愤激之辞，对茶房发了一回脾气，我就付了宿费，出了旅馆从羊市街慢慢地走出城来。这时候我所有的财产全部，除了一个瘦黄的身体之外，就是一件半旧的夏布长衫，一套白洋纱的小衫裤，一双线袜，两只半破的白皮鞋和八角小洋。

太阳已经升上了中天，光线直射在我的背上。大约是因为我的身体不好，走不上半里路，全身的黏汗竟流得比平时更多一倍。我看看街上的行人和两旁的住屋中的男女，觉得他们都很满足的在那里享乐他们的生活，好像不晓得忧愁是何物的样子。背后忽而起了一阵铃响，来了一乘包车，车夫向我骂了几句，跑过去了，我只看见了一个坐在车上穿白纱长衫的少年绅士的背形和车夫的在那里跑的两只光腿。我慢慢地走了一段，背后又起了一阵车夫的威胁声，我让开了路，回转头来一看，看见了三部人力车，载着三个很纯朴的女学生，两腿中间各夹着些白皮箱铺盖之类，在那里向我冲来。她们大约是放了暑假赶回家去的，我此时心里起了一种悲愤，把平时祝福善人的心地忘了，却用了憎恶的眼睛，狠狠地对那些威胁我的人力车夫看了几眼。啊啊，我外面的态度虽则如此凶恶，但一边我却在默默地原谅他们的呀！

“你们这些可怜的走兽，可怜你们平时也和我一样，不能和那些年轻的女性接触。这也难怪你们的，难怪你们这样的乱冲，这样的兴高采烈的。这几个女性的身体岂不是载在你们的车上的么？她们的白嫩的肉体上岂不是有一种电气会传到你们的身上来的么？虽则原因不同，动机卑微，但是你们的汗，岂不也是为了这几个女性的肉体而流的么？啊啊，我若有气力，也愿跟了你们去典一乘车来，专拉这样的如花少女。我更愿意拼死地驰驱，消尽我的精力。

我更愿意不受她们金钱酬报。”

走出了凤山门，站住了脚，默默地回头来看了一眼，我的眼角又忽然涌出了两颗珠露来！

“珍重珍重，杭州的城市！我此番回家，若不马上出来，大约总要在故乡永住了，我们的再见，知在何日？万一情状不佳，故乡父老不容我在乡间终老，我也许到严子陵的钓石矶头，去寻我的归宿的，我这一瞥，或将成了你我的最后的诀别！我到此刻，才知道我胸际实在在痛爱你的明媚的湖山的，不过盘踞在你的地上的那些野心狼子，不得不使我怨你恨你而已。啊啊，珍重珍重，杭州的城市！我若在波中淹没的时候，最后映到我的心眼上来的，也许是我儿时亲睦的你的这媚秀的湖山吧！”

北国的微音

◇郁达夫

有时候要想玩味这“凄切的孤单”，在日斜的午后，老跑出城外去独步。

北国的寒宵，实在是沉闷得很，尤其是像我这样的不眠症者，更觉得春夜之长。似水的流年，过去真快，自从海船上别后，匆匆又换了年头。以岁月计算，虽则不过隔了五个足月，然而回想起来，我同你们在上海的历史，好像是隔世的生涯，去今已有几百年的样子。河畔冰开，江南草长，虫鱼鸟兽，各有阳春发动之心，而自称为动物中之灵长，自信为人类中的有思想者的我，依旧是奄奄待毙，没有方法消度今天，更没有雄心欢迎来日。几日前头，有一位日本的新闻记者，来访我的贫居。他问我：“为什么要消沉到这个地步？”我问他：“你何以不消沉，要从东城跑许多路特来访我？”他说：“是为了职务。”我又问他：“你的职务，是对谁的？”他说：“我的职务，是对国家，对社会的。”我说：“那么你就应该知道我的消沉也是对国家，对社会的。现在世上的国家是什么？社会是什么？尤其是我们中国？”他的来访的目的，本来是为问我对于日本对华文化事业的意见如何，中国将来的教育方针如何的——他之所以来访者，一则因为我在某校里教书，二则因为我在日本住过十多年，或者对于某种事项，略有心得的缘故——后来听了我这一段诡辩，他也把职务丢开，谈了许多无关紧要的闲话走了。他走之后，我一个人衔了纸烟想想，觉得人类社会的许多事情，毕竟是庸人自扰。什么国富兵强，什么和平共乐，都是一班野兽，于饱食之余，在暖梦里织出来的回文锦字。像我这样的生性，在我这样的境遇下的闲人，更有什么可想，什么可做呢？写到这里我又想起T君批评我的话来了，他说，“某书的作者，嘲世骂俗，却落得一个牢骚派的美名。”实在我想T君的话，一点儿也不错。人若把我们的那些浅薄无聊的“徒然草”合在一处，加上一个牢骚派的名目，思欲抹杀而厌鄙之，倒反便宜了我们。因为我们的那些东西，本来是同身上的积垢，口中的吐气一样，不期然而然的发生表现出来的，哪里配称作牢骚，更哪里配称作派呢？我读到《歧路》，沫若，觉得你对于自家的艺术的虚视——这虚视两字，我也不知道妥当不妥当，或者用怀疑两字比较得切的吧——也和我一样。不错不错，我这封信，是从友人宴会席上回来，读了《歧路》之后，拿起笔来写的。我写这一封信的动机，原是想和你们谈谈我对于《歧路》的感想的呀！

沫若！我觉得人生一切都是虚幻，真真实在的，只有你说的“凄切的孤单”，倒是我们人类从生到死味觉得到的唯一的一道实味。就是京沪报章上，为了金钱或者想建筑自家的名誉的缘故，在那里含了敌意，做文章攻击你的人，我仔细替他们一想，觉得他们也在感着这凄切的孤独。唯其感到孤独，所以他们只好做些文章来卖一点金钱，或者竟牺牲了你来博一点小小的名誉，毕竟他们还是人，还是我们的同类，这“孤单”的感觉，终究是逃不了的，所以他们的文章里最含恶意，攻击你最甚的处所，便是他们的孤独感表现得最切的地方。名利的争夺，欲牺牲他人而建立自己的恶心——简单点说，就说生存竞争吧——依我看来，都是由这“孤单”的感觉催发出来的。人生的实际，既不外乎这“孤单”的感觉，那么表现人生的艺术，当然也不外乎此，因此我近来对于艺术的意见和评价，都和从前不同了。我觉得艺术并没有十分可以推崇的地方，她和人生的一切，也没有什么特异有区别的地方。努力于艺术，献身于艺术，也不须有特别的表现。牢牢捉住了这“孤单”的感觉，细细地玩味，由他写成诗歌小说也好，制成音乐美术品也好，或者竟不写在纸上，不画在布上壁上，不雕在白石上，不奏在乐器上，什么也不表现出来，只教他能够细细的玩味这“孤单”的感觉，便是绝好的“创造”。

仿吾！这一段无聊的废话，你看对不对？我在写这封信之先，刚从一位朋友处的宴会回来，席上遇见了许多在日本和你同科的自然科学家。他们都已经成了富者，现在是资本家了。我夹在这些衣狐裘者的老同学中间，当然觉得十分的孤独，然而看看他们挟了皮箧，奔走不宁的行动，好像他们也有些在觉得人生的孤寂的样子。我前边不是说过了么？唯其感到孤寂，所以要席不遑暖地去追求名利。然而究竟我不是他们，所以我这主观的推测，也许是错了的。

我现在因为抱有这一种感想，所以什么东西也写不下来，什么东西也不愿意拿来阅读。有时候要想玩味这“凄切的孤单”，在日斜的午后，老跑出城外去独步。这里城外多是黄沙的田野，有几处也有清溪断壁，绝似日本郊外未开辟之先的代代木新宿等处。不过这里一堆一堆的黄土小冢，和有钱的人家的白杨松树的坟茔很多，感视少微与日本不同一点。今晚在宴会的席上，在许多鸿儒谈笑的中间，我胸中的感觉，同在这样的白杨衰草的坟地里漫步时一样。不过有一点我觉得比从前进步了；从前我和境遇比我美满的朋友——实际上除你们几个人之外，哪一个境遇比我不美满？——相处，老要起一种感伤，有时竟会滴下泪来。现在非但眼泪不会滴下来，并且也能如他们一样的举起箸来取菜，提起杯来喝酒。不过从前的那一种喜欢谈话的冲动，现在没有了。他们入座，我也就坐，他们吃菜，我也吃菜。劝我喝酒，我就喝，干杯就干杯。席散了，我就回来。雇车雇不着，就慢慢地在黄昏的街道上走。同席者的汽车马车，从我身边过去的时候，他们从车中和我点头，我也回点一头。他们不点头，我也让他们的车子过去，横竖是在后头跟走几步，他们的车子就可以老远的上我前头去的。所以无避入岔路上去的必要。还有一点和从前不同的地方，就是我默默地坐在那里，他们来要求我猜拳的时候，我总笑笑，摇摇头，举起杯来喝一杯酒，教他们去要求坐在我下面的一个人猜。近来喝酒也喝不大醉，醉了也不过默默地走回家来坐坐，吸吸烟，倒点茶喝喝。

今晚的宴会，散得很早，我回家来吸吸烟喝喝茶，觉得还睡不着，所以又拿出了周报的《歧路》来看。沫若！大卫生的诗，实在是做得不坏，不过你的几行诗，我也很喜欢念。你的小孩的那个两脚没有的洋囡，我说还是包包好，寄到日本去吧！回头他们去买一个新的时候，怕又要破费几角钱哩。

昨天一个朋友来说他读到《歧路》，真的眼泪出了。我劝他小心些，这句话不要说出来教人家听见，恐怕有人要说他的眼泪不值钱。他说近来他也感染了一种感伤病，不晓得怎么的，感情好像回返小孩子时代去了。说到这里，他忽而眼圈又红了起来，叫了我一声："达夫！我……我可惜没有钱……"我也对他呆看了半晌，后来他一句话也不说，立起身来就走，我也默默地送他出门去了（这样的朋友，上我这里来的很多。他们近来知道了我的脾气，来的时候，艺术也不谈了，我的几篇无聊的作品和周报季刊的事情也不提起了。有几次我们真有主客两人相对，默默而过半点钟的时候。像这样的pause的中间，我觉得我的精神上最感得满足。因为有客人在前头，我一时可以不被那一种独坐时常想出来的无聊的空虚思想所侵蚀，而一边这来客又不在言语，我的听取对话和预备回答的那些麻烦注意可以省去）。不过，沫若！我说你那一篇《歧路》写得很可惜，你若不写出来，你至少可以在那一种浓厚的孤独感里浸润好几天。现在写出了之后，我怕你的那一种"凄切的孤单"之感，要减少了吧？

仿吾！我说你还是保守着独身主义，不要想结婚的好！恐怕你若结了婚，一时要失掉你的这孤独之感。而这孤独之感，依我说来，便是艺术的酵素，或者竟可以说是艺术的本身。所以你若结了婚，怕一时要与艺术违离。讲到这里我怕你要反问我"那么你们呢？你和沫若呢？"是的，我和沫若是一时与艺术离异过的，不过现在我们已经恢复了原来的孤独罢了……

嗳！嗳！不知不觉，已经写到午前三点钟了。

仿吾！沫若！要想写的话，是写不完的，我迟早还是弄几个车钱到上海来一次吧！大约我在北京打算只住到六月，暑假以后，我怎么也要设法回浙江去实行我的乡居的夙愿。若在最近的时期中弄不到车钱，不能够到上海来，那么我们等六月里再见吧！

朱自清（1898—1948），浙江绍兴人，散文家、学者。有散文集《背影》《欧游杂记》，长诗《毁灭》。学术论著《经典常谈》《诗言志辨》等。

背 影

◇朱自清

我与父亲不相见已二年余了，我最不能忘记的是他的背影。

我与父亲不相见已二年余了，我最不能忘记的是他的背影。那年冬天，祖母死了，父亲的差使也交卸了，正是祸不单行的日子，我从北京到徐州，打算跟着父亲奔丧回家。到徐州见着父亲，看见满院狼藉的东西，又想起祖母，不禁簌簌地流下眼泪。父亲说，“事已如此，不必难过，好在天无绝人之路！”

回家变卖典质，父亲还了亏空；又借钱办了丧事。这些日子，家中光景很是惨淡，一半为了丧事，一半为了父亲赋闲。丧事完毕，父亲要到南京谋事，我也要回北京念书，我们便同行。

到南京时，有朋友约去游逛，勾留了一日；第二日上午便须渡江到浦口，下午上车北去。父亲因为事忙，本已说定不送我，叫旅馆里一个熟识的茶房陪我同去。他再三嘱咐茶房，甚是仔细。但他终于不放心，怕茶房不妥帖；颇踌躇了一会。其实我那年已二十岁，北京已来往过两三次，是没有什么要紧的了。他踌躇了一会，终于决定还是自己送我去。我两三回劝他不必去；他只说，“不要紧，他们去不好！”

我们过了江，进了车站。我买票，他忙着照看行李。行李太多了，得向脚夫行些小费，才可过去。他便又忙着和他们讲价钱。我那时真是聪明过分，总觉他说话不大漂亮，非自己插嘴不可。但他终于讲定了价钱；就送我上车。他给我拣定了靠车门的一张椅子；我将他给我做的紫毛大衣铺好座位。他嘱我路上小心，夜里要警醒些，不要受凉。又嘱托茶房好好照应我。我心里暗笑他的迂；他们只认得钱，托他们只是白托！而且我这样大年纪的人，难道还不能料理自己么？唉，我现在想想，那时真是太聪明了！

我说道，“爸爸，你走吧。”他望车外看了看，说，“我买几个橘子去。你就在此地，不要走动。”我看那边月台的栅栏外有几个卖东西的等着顾客。走到那边月台，须穿过铁道，须跳下去又爬上去。父亲是一个胖子，走过去自然要费事些。我本来要去的，他不肯，只好让他去。我看见他戴着黑布小帽，穿着黑布大马褂，深青布棉袍，蹒跚地走到铁道边，慢慢探身下去，尚不大难。可是他穿过铁道，要爬上那边月台，就不容易了。他用两手攀着上面，两脚再向上缩；他肥胖的身子向左微倾，显出努力的样子。这时我看见他的背影，我的泪很快地流下来了。我赶紧拭干了泪，怕他看见，也怕别人看见。我再向外看时，他已抱了朱红的橘子往回走了。过铁道时，他先将橘子散放在地上，自己慢慢爬下，再抱起橘子走。到这边时，我赶紧去搀他。他和我走到车上，将橘子一股脑儿放在我的皮大衣上。于是扑扑衣上的泥土，心里很轻松似的，过一会说，“我走了，到那边来信！”我望着他走出去。他走了几步，回过头看见我，说，“进去吧，里边没人。”等他的背影混入来来往往的人里，再找不着了，我便进来坐下，我的眼泪又来了。

近几年来，父亲和我都是东奔西走，家中光景是一日不如一日。他少年出外谋生，独力支持，做了许多大事。哪知老境却如此颓唐！他触目伤怀，自然情不能自已。情郁于中，自然要发之于外；家庭琐屑便往往触他之怒。他待我渐渐不同往日。但最近两年的不见，他终于忘却我的不好，只是惦记着我，惦记着他的儿子。我北来后，他写了一信给我，信中说道，“我身体平安，唯膀子疼痛厉害，举箸提笔，诸多不便，大约大去之期不远矣。”我读到此处，在晶莹的泪光中，又看见那肥胖的，青布棉袍，黑布马褂的背影。唉！我不知何时再能与他相见！

桨声灯影里的秦淮河

◇朱自清

我们的梦醒了，我们知道就要上岸了；我们心里充满了幻灭的情思。

一九二三年八月的一晚，我和平伯同游秦淮河，平伯是初泛，我是重来了。我们雇了一只“七板子”，在夕阳已去，皎月方来的时候，便下了船。于是桨声汩——汩，我们开始领略那晃荡着蔷薇色的历史的秦淮河的滋味了。

秦淮河里的船，比北京万生园，颐和园的船好，比西湖的船好，比扬州瘦西湖的船也好。这几处的船不是觉着笨，就是觉着简陋，局促；都不能引起乘客们的情韵，如秦淮河的船一样。秦淮河的船约略可分为两种：一是大船；一是小船，就是所谓“七板子”。大船舱口阔大，可容二三十人。里面陈设着字画和光洁的红木家具，桌上一律嵌着冰凉的大理石面。窗格雕镂颇细，使人起柔腻之感。窗格里映着红色蓝色的玻璃；玻璃上有精致的花纹，也颇悦人目。“七板子”规模虽不及大船，但那淡蓝色的栏杆，空敞的舱，也足系人情思。而最出色处却在它的舱前。舱前是甲板上的一部，上面有弧形的顶，西边用疏疏的栏杆支着。里面通常放着两张藤的躺椅。躺下，可以谈天，可以望远，可以顾盼两岸的河房。大船上也有这个，但在小船上更觉清隽罢了。舱前的顶下，一律悬着灯彩；灯的多少，明暗，彩苏的精粗，艳晦，是不一的，但好歹总还你一个灯彩。这灯彩实在是最能勾人的东西。夜幕垂垂地下来时，大小船上都点起灯火。从两重玻璃里映出那幅射着的黄黄的散光，反晕出一片朦胧的烟霭；透过这烟霭，在黯黯的水波里，又逗起缕缕的明漪。在这薄霭和微漪里，听着那悠然的间歇的桨声，谁能不被引入他的美梦去呢？只愁梦太多了，这些大小船儿如何载得起呀？我们这时模模糊糊地谈着明末的秦淮河的艳迹，如《桃花扇》及《板桥杂记》里所载的。我们真神往了。我们仿佛亲见那时华灯映水，画舫凌波的光景了。于是我们的船便成了历史的重载了。我们终于恍然秦淮河的船所以雅丽过于他处，而又有奇异的吸引力的，实在是许多历史的影像使然了。

秦淮河的水是碧阴阴的；看起来厚而不腻，或者是六朝金粉所凝么？我们初上船的时候，天色还未断黑，那漾漾的柔波是这样恬静，委婉，使我们一面有水阔天空之想，一面又憧憬着纸醉金迷之境了。等到灯火明时，阴阴的变为沉沉了：黯淡的水光，像梦一般；那偶然闪烁着的光芒，就是梦的眼睛了。我们坐在舱前，因了那隆起的顶棚，仿佛总是昂着首向前走着似的；于是飘飘然如御风而行的我们，看着那些自在的湾泊着的船，船里走马灯般的人物，便像是下界一般，迢迢的远了，又像在雾里看花，尽朦朦胧胧的。这时我们已过了利涉桥，望见东关头了。沿路听见断续的歌声：有从沿河的妓楼飘来的，有从河上船里度来的。我们明知那些歌声，只是些因袭的言词，从生涩的歌喉里机械的发出来的；但它们经了夏夜的微风的吹漾和水波的摇拂，袅娜着到我们耳边的时候，已经不单是她们的歌声，而混着微风和河水的密语了。于是我们不得不被牵惹着，震撼着，相与浮沉于这歌声里了。从东关头转湾，不久就到大中桥。大中桥共有三个桥拱，都很阔大，俨然是三座门儿；使我们觉得我们的船和船里的我们，在桥下过去时，真是太无颜色了。桥砖是深褐色，表明它的历史的长久；但都完好无缺，令人太息于古昔工程的坚美。桥上两旁都是木壁的房子，中间应该有街路？这些房子都破旧了，多年烟熏的迹，遮没了当年的美丽。我想象秦淮河的极盛时，在这样宏阔的桥上，特地盖了房子，必然是髹漆得富富丽丽的；晚间必然是灯火通明的，现在却只剩下一片黑沉沉！但是桥上造着房子，毕竟使我们多少可以想见往日的繁华；这也慰情聊胜无了。过了大中桥，便到了灯月交辉，笙歌彻夜的秦淮河，这才是秦淮河的真面目哩。

大中桥外，顿然空阔，和桥内两岸排着密密的人家的景象大异了。一眼望去，疏疏的林，淡淡的月，衬着蔚蓝的天，颇像荒江野渡光景；那边呢，郁丛丛的，阴森森的，又似乎藏着无边的黑暗：令人几乎不信那是繁华的秦淮河了。但是河中眩晕着的灯光，纵横着的画舫，悠扬着的笛韵，夹着那吱吱的胡琴声，终于使我们认识绿如茵陈酒的秦淮水了。此地天裸露着的多些，故觉夜来的独迟些；从清清的水影里，我们感到的只是薄薄的夜——这正是秦淮河的夜。大中桥外，本来还有一座复成桥，是船夫口中的我们的游踪尽处，或也是秦淮河繁华的尽处了。我的脚曾踏过复成桥的脊，在十三四岁的时候。但是两次游秦淮河，却都不曾见着复成桥的面；明知总在前途的，却常觉得有些虚无缥缈似的。我想，不见倒也好。这时正是盛夏。我们下船后，借着新生的晚凉和河上的微风，暑气已渐渐消散；到了此地，豁然开朗，身子顿然轻了——习习的清风荏苒在面上，手上，衣上，这便又感到了一缕新凉了。南京的日光，大概没有杭州猛烈；西湖的夏夜老是热蓬蓬的，水像沸着一般，秦淮河的水却尽是这样冷冷地绿着。任你人影的憧憧，歌声的扰扰，总像隔着一层薄薄的绿纱面幂似的；它尽是这样静静的，冷冷的绿着。我们出了大中桥，走不上半里路，船夫便将船划到一旁，停了桨由它宕着。他以为那里正是繁华的极点，再过去就是荒凉了；所以让我们多多赏鉴一会儿。他自己却静静地蹲着。他是看惯这光景的了，大约只是一个无可无不可。这无可无不可，无论是升的沉的，总之，都比我们高了。

那时河里热闹极了；船大半泊着，小半在水上穿梭似的来往。停泊着的都在近市的那一边，我们的船自然也夹在其中。因为这边略略的挤，便觉得那边十分的疏了。在每一只船从那边过去时，我们能画出它的轻轻的影和曲曲的波，在我们的心上；这显着是空，且显着是静了。那时处处都是歌声和凄厉的胡琴声，圆润的喉咙，确乎是很少的。但那生涩的，尖脆的调子能使人有少年的，粗率不拘的感觉。也正可快我们的意。况且多少隔开些儿听着。因为想象与渴慕的作美，总觉更有滋味；而竞发的喧嚣，抑扬的不齐，远近的杂沓，和乐器的嘈嘈切切，合成另一意味的谐音，也使我们无所适从，如随着大风而走。这实在因为我们的心枯涩久了，变为脆弱；故偶然润泽一下，便疯狂似的不能自主了。但秦淮河确也腻人。即如船里的人面，无论是和我们一堆儿泊着的，无论是从我们眼前过去的，总是模模糊糊的，甚至渺渺茫茫的；任你张圆了眼睛，揩净了眦垢，也是枉然。这真够人想呢。在我们停泊的地方，灯光原是纷然的；不过这些灯光都是黄而有晕的。黄已经不能明了，再加上了晕，便更不成了。灯愈多，晕就愈甚；在繁星般的黄的交错里，秦淮河仿佛笼上了一团光雾。光芒与雾气腾腾的晕着，什么都只剩了轮廓了；所以人面的详细的曲线，便消失于我们的眼底了。但灯光究竟夺不了那边的月色；灯光是浑的，月色是清的。在混沌的灯光里，渗入一派清辉，却真是奇迹！那晚月儿已瘦削了两三分，她晚妆才罢，盈盈的上了柳梢头。天是蓝得可爱，仿佛一汪水似的；月儿便更出落得精神了。岸上原有三株两株的垂杨树，淡淡的影子，在水里摇曳着。它们那柔细的枝条浴着月光，就像一支支美人的臂膊，交互的缠着，挽着；又像是月儿披着的发。而月儿偶尔也从它们的交叉处偷偷窥看我们，大有小姑娘怕羞的样子。岸上另有几株不知名的老树，光光的立着；在月光里照起来，却又俨然是精神矍铄的老人。远处——快到天际线了，才有一两片白云，亮得现出异彩，像是美丽的贝壳一般。白云下便是黑黑的一带轮廓，是一条随意画的不规则的曲线。这一段光景，和河中的风味大异了。但灯与月竟能并存着，交融着，使月成了缠绵的月，灯射着渺渺的灵辉，这正是天之所以厚秦淮河，也正是天之所以厚我们了。

这时却遇着了难解的纠纷。秦淮河上原有一种歌妓，是以歌为业的。从前都在茶舫上，唱些大曲之类。每日午后一时起；什么时候止，却忘记了。晚上照样也有一回，也在黄晕的灯光里。我从前过南京时，曾随着朋友去听过两次。因为茶舫里的人脸太多了，觉得不大适意，终于听不出所以然。前年听说歌妓被取缔了，不知怎的，颇涉想了几次——却想不出什么。这次到南京，先到茶舫上去看看。觉得颇是寂寥，令我无端的怅怅了。不料她们却仍在秦淮河里挣扎着，不料她们竟会纠缠到我们，我于是很张皇了，她们也乘着“七板子”，她们总是坐在舱前的。舱前点着石油汽灯，光亮眩人眼目：坐在下面的，自然是纤毫毕见了——引诱客人们的力量，也便在此了。舱里躲着乐工等人，映着汽灯的余辉蠕动着；他们是永远不被注意的。每船的歌妓大约都是二人；天色一黑，她们的船就在大中桥外往来不息的兜生意。无论行着的船，泊着的船，都要来兜揽的。这都是我后来推想出来的。那晚不知怎样，忽然轮着我们的船了。我们的船好好的停着，一只歌舫划向我们来了；渐渐和我们的船并着了。烁烁的灯光逼得我们皱起了眉头；我们的风尘色全给它托出来了，这使我不安了，那时一个伙计跨过船来，拿着摊开的歌折，就近塞向我的手里，说："点几出吧！"他跨过来的时候，我们船上似乎有许多眼光跟着。同时相近的别的船上也似乎有许多眼睛炯炯地向我们船上看着。我真窘了！我也装出大方的样子，向歌妓们瞥了一眼，但究竟是不成的！我勉强将那歌折翻了一翻，却不曾看清了几字；便赶紧递还那伙计，一面不好意思地说："不要。我们……不要。"他便塞给平伯，平伯掉转头去，摇手说："不要！"那人还腻着不走。平伯又回过脸来，摇着头道："不要！"于是那人重到我处，我窘着再拒绝了他。他这才有所不屑似的走了。我的心立刻放下，如释了重负一般。我们就开始自白了。

我说我受了道德律的压迫，拒绝了她们；心里似乎很抱歉的。这所谓抱歉，一面对于她们，一面对于我自己。她们于我们虽然没有很奢的希望；但总有些希望的。我们拒绝了她们，无论理由如何充足，却使她们的希望受了伤；这总有几分不作美了。这是我觉得很怅怅的。至于我自己，更有一种不足之感。我这时被四面的歌声诱惑了，降服了；但是远远的，远远的歌声总仿佛隔着重衣搔痒似的，越搔越搔不着痒处。我于是憧憬着贴耳的妙音了。在歌舫划来时，我的憧憬，变为盼望；我固执地盼望着，有如饥渴。虽然从浅薄的经验里，也能够推知，那贴耳的歌声，将剥去了一切的美妙；但一个平常的人像我的，谁愿凭了理性之力去丑化未来呢？我宁愿自己骗着了。不过我的社会感性是很敏锐的；我的思力能拆穿道德律的西洋镜，而我的感情却终于被它压服着。我于是有所顾忌了，尤其是在众目昭彰的时候。道德律的力，本来是民众赋予的；在民众的面前，自然更显出它的威严了。我这时一面盼望，一面却感到了两重的禁制：一，在通俗的意义上，接近妓者总算一种不正当的行为；二，妓是一种不健全的职业，我们对于她们，应有哀矜勿喜之心，不应赏玩地去听她们的歌。在众目睽睽之下，这两种思想在我心里最为旺盛。她们暂时压倒了我的听歌的盼望，这便成就了我的灰色的拒绝。那时的心实在异常状态中，觉得颇是昏乱。歌舫去了，暂时宁静之后，我的思绪又如潮涌了。两个相反的意思在我心头往复：卖歌和卖淫不同，听歌和狎妓不同，又干道德甚事？——但是，但是，她们既被逼的以歌为业，她们的歌必无艺术味的；况她们的身世，我们究竟该同情的。所以拒绝倒也是正办。但这些意思终于不曾撇开我的听歌的盼望。它力量异常坚强；它总想将别的思绪踏在脚下。从这重重的争斗里，我感到了浓厚的不足之感。这不足之感使我的心盘旋不安，起坐都不安宁了。唉！我承认我是一个自私的人！平伯呢，却与我不同。他引周启明先生的诗，“因为我有妻子，所以我爱一切的女人；因为我有子女，所以我爱一切的孩子。”他的意思可以见了。他因为推及的同情，爱着那些歌妓，并且尊重着她们，所以拒绝了她们。在这种情形下，他自然以为听是对于她们的一种侮辱。但他也是想听歌的，虽然不和我一样。所以在他的心中，当然也有一番小小的争斗；争斗的结果，是同情胜了。至于道德律，在他是没有什么的；因为他很有蔑视一切的倾向，民众的力量在他是不大觉着的。这时他的心意的活动比较简单，又比较松弱，故事后还怡然自若；我却不能了。这里平伯又比我高了。

在我们谈话中间，又来了两只歌舫。伙计照前一样的请我们点戏，我们照前一样地拒绝了。我受了三次窘，心里的不安更甚了。清艳的夜景也为之减色。船夫大约因为要赶第二趟生意，催着我们回去；我们无可无不可地答应了。我们渐渐和那些晕黄的灯光远了，只有些月色冷清清的随着我们的归舟。我们的船竟没个伴儿，秦淮河的夜正长哩！到大中桥近处，才遇着一只来船。这是一只载妓的板船，黑漆漆的没有一点光。船头上坐着一个妓女，暗里看出，白地小花的衫子，黑的下衣。她手里拉着胡琴，口里唱着青衫的调子。她唱得响亮而圆转；当她的船箭一般驶过去时，余音还袅袅的在我们耳际，使我们倾听而向往。想不到在弩末的游踪里，还能领略到这样的清歌！这时船过大中桥了，森森的水影，如黑暗张着巨口，要将我们的船吞了下去。我们回顾那渺渺的黄光，不胜依恋之情；我们感到了寂寞了！这一段地方夜色甚浓，又有两头的灯火招邀着；桥外的灯火不用说了，过了桥另有东关头疏疏的灯火。我们忽然仰头看见依人的素月，不觉深悔归来之早了！走过东关头，有一两只大船湾泊着，又有几只船向我们来着。嚣嚣的一阵歌声人语，仿佛笑我们无伴的孤舟哩。东关头转湾，河上的夜色更浓了；临水的妓楼上，时时从帘缝里射出一线一线的灯光；仿佛黑暗从酣睡里眨了一眨眼。我们默然的对着，静听那汩——汩的桨声，几乎要入睡了；朦胧里却温寻着适才的繁华的余味。我那不安的心在静里愈显活跃了！这时我们都有了不足之感，而我的更其浓厚。

我们却又不愿回去，于是只能由懊悔而怅惘了。船里便满载着怅惘了。直到利涉桥下，微微嘈杂的人声，才使我豁然一惊；那光景却又不同。右岸的河房里，都大开了窗户，里面亮着晃晃的电灯，电灯的光射到水上，蜿蜒曲折，闪闪不息，正如跳舞着的仙女的臂膊。我们的船已在她的臂膊里了；如睡在摇篮里一样，倦了的我们便又入梦了。那电灯下的人物，只觉得像蚂蚁一般，更不去萦念。这是最后的梦，可惜是最短的梦！黑暗重复落在我们面前，我们看见傍岸的空船上一星两星的，枯燥无力又摇摇不定的灯光。我们的梦醒了，我们知道就要上岸了；我们心里充满了幻灭的情思。

荷塘月色

◇朱自清

热闹的是它们的，我什么也没有。

这几天心里颇不宁静。今晚在院子里坐着乘凉，忽然想起日日走过的荷塘，在这满月的光里，总该另有一番样子吧。月亮渐渐地升高了，墙外马路上孩子们的欢笑，已经听不见了；妻在屋里拍着闰儿，迷迷糊糊地哼着眠歌。我悄悄地披了大衫，带上门出去。

沿着荷塘，是一条曲折的小煤屑路。这是一条幽僻的路；白天也少人走，夜晚更加寂寞。荷塘四面，长着许多树，蓊蓊郁郁的。路的一旁，是些杨柳，和一些不知道名字的树。没有月光的晚上，这路上阴森森的，有些怕人。今晚却很好，虽然月光也还是淡淡的。

路上只我一个人，背着手踱着。这一片天地好像是我的；我也像超出了平常的自己，到了另一个世界里。我爱热闹，也爱冷静；爱群居，也爱独处。像今晚上，一个人在这苍茫的月下，什么都可以想，什么都可以不想，便觉是个自由的人。白天里一定要做的事，一定要说的话，现在都可不理。这是独处的妙处；我且受用这无边的荷香月色好了。

曲曲折折的荷塘上面，弥望的是田田的叶子。叶子出水很高，像亭亭的舞女的裙。层层的叶子中间，零星地点缀着些白花，有袅娜地开着，有羞涩的打着朵儿的；正如一粒粒的明珠，又如碧天里的星星，又如刚出浴的美人。微风过处，送来缕缕清香，仿佛远处高楼上渺茫的歌声似的。这时候叶子与花也有一些的颤动，像闪电般，霎时传过荷塘的那边去了。叶子本是肩并肩密密的挨着，这便宛然有了一道凝碧的波痕。叶子底下是脉脉的流水，遮住了，不能见一些颜色；而叶子却更见风致了。

月光如流水一般，静静地泻在这一片叶子和花上。薄薄的青雾浮起在荷塘里。叶子和花仿佛在牛乳中洗过一样；又像笼着轻纱的梦。虽然是满月，天上却有一层淡淡的云，所以不能朗照；但我以为这恰是到了好处——酣眠固不可少，小睡也别有风味的。月光是隔了树照过来的，高处丛生的灌木，落下参差的斑驳的黑影，却又像是画在荷叶上。塘中的月色并不均匀，但光与影有着和谐的旋律，如梵婀玲上奏着的名曲。

荷塘的四面，远远近近，高高低低的都是树，而杨柳最多。这些树将一片荷塘重重围住；只在小路一旁，漏着几段空隙，像是特为月光留下的。树色一例是阴阴的，乍看像一团烟雾；但杨柳的丰姿，便在烟雾里也辨得出。树梢上隐隐约约的是一带远山，只有些大意罢了。树缝里也漏着一两点路灯光，没精打采的，是瞌睡人的眼。这时候最热闹的，要数树上的蝉声与水里的蛙声；但热闹的是它们的，我什么也没有。

忽然想起采莲的事情来了。采莲是江南的旧俗，似乎很早就有，而六朝时为盛，从诗歌里可以约略知道。采莲的是少年的女子，她们是荡着小船，唱着艳歌去的。采莲人不用说很多，还有看采莲的人。那是一个热闹的季节，也是一个风流的季节。梁元帝《采莲赋》里说得好：

于是妖童媛女，荡舟心许；益鸟首徐回，兼传羽杯；櫂将移而藻挂，船欲动而萍开。尔其纤腰束素，迁延顾步；夏始春余，叶嫩花初，恐沾裳而浅笑，畏倾船而敛裾。

可见当时嬉游的光景了。这真是有趣的事，可惜我们现在早已无福消受了。

于是又记起《西洲曲》里的句子：

采莲南塘秋，莲花过人头；低头弄莲子，莲子清如水。

今晚若有采莲人，这儿的莲花也算得“过人头”了；只不见一些流水的影子，是不行的。这令我到底惦着江南了。——这样想着，猛一抬头，不觉已是自己的门前；轻轻地推门进去，什么声息也没有，妻已睡熟好久了。

威 尼 斯

◇朱自清

这个略略像当年的秦淮河的光景，但秦淮河却热闹得多。

威尼斯（Venice）是一个别致地方。出了火车站，你立刻便会觉得：这里没有汽车，要到哪儿，不是搭小火轮，便是雇“刚朵拉”（Gondola）。大运河穿过威尼斯像反写的S，这就是大街。另有小河道四百十八条，这些就是小胡同。轮船像公共汽车，在大街上走；“刚朵拉”是一种摇橹的小船，威尼斯所特有，它哪儿都去。威尼斯并非没有桥；三百七十八座，有的是。只要不怕转弯抹角，哪儿都走得到，用不着下河去。可是轮船中人还是很多，“刚朵拉”的买卖也似乎并不坏。

威尼斯是“海中的城”，在意大利半岛的东北角上，是一群小岛，外面一道沙堤隔开亚得利亚海。在圣马克方场的钟楼上看，团花簇锦似的东一块西一块在绿波里荡漾着。远处是水天相接，一片茫茫。这里没有什么煤烟，天空干干净净；在温和的日光中，一切都像透明的。中国人到此，仿佛在江南的水乡；夏初从欧洲北部来的，在这儿还可看见清清楚楚的春天的背影。海水那么绿，那么酽，会带你到梦中去。

威尼斯不单是明媚，在圣马克方场走走就知道。这个方场南面临着一道运河；场中偏东南便是那可以望远的钟楼。威尼斯最热闹的地方是这儿，最华妙庄严的地方也是这儿。除了西边，围着的都是三百年以上的建筑，东边居中是圣马克堂，却有了八九百年——钟楼便在它的右首。再向右是“新衙门”；教堂左首是“老衙门”。这两溜儿楼房的下一层，现在开满了铺子。铺子前面是长廊，一天到晚是来来去去的人。紧接着教堂，直伸向运河去的是公爷府；这个一半属于小方场，另一半便属于运河了。

圣马克堂是方场的主人，建筑在十一世纪，原是卑赞廷式，以直线为主。十四世纪加上戈昔式的装饰，如尖拱门等；十七世纪又参入文艺复兴期的装饰，如栏干等。所以庄严华妙，兼而有之；这正是威尼斯人的漂亮劲儿。教堂里屋顶与墙壁上满是碎玻璃嵌成的画，大概是真金色的底，蓝色和红色的圣灵像。这些像做得非常肃穆。教堂的地是用大理石铺的，颜色花样种种不同。在那种空阔阴暗的氛围中，你觉得伟丽，也觉得森严。教堂左右那两溜儿楼房，式样各别，并不对称；钟楼高三百二十二英尺，也偏在一边儿。但这两溜房子都是三层，都有许多拱门，恰与教堂的门面与圆顶相称；又都是白石造成，越衬出教堂的金碧辉煌来。教堂右边是向运河去的路，是一个小方场，本来显得空阔些，钟楼恰好填了这个空子。好像我们戏里大将出场，后面一杆旗子总是偏着取势；这方场中的建筑，节奏其实是和谐不过的。十八世纪意大利卡那来陀（Canaletto）一派画家专画威尼斯的建筑，取材于这方场的很多。德国德莱司敦画院中有几张，真好。公爷府里有好些名人的壁画和屋顶画，丁陶来陀（TinDtoretto，十六世纪）的大画《乐园》最著名；但更重要的是它建筑的价值。运河上有了这所房子，增加了不少颜色。这全然是戈昔式；动工在九世纪初，以后屡次遭火，屡次重修，现在的据说还是原来的式样。最好看的是它的西南两面；西面斜对着圣马克方场，南面正在运河上。在运河里看，真像在画中。它也是三层：下两层是尖拱门，一眼看去，无数的柱子。最下层的拱门简单疏阔，是载重的样子；上一层便繁密得多，为装饰之用；最上层却更简单，一根柱子没有，除了疏疏落落的窗和门之外，都是整块的墙面。墙面上用白的与玫瑰红的大理石砌成素朴的方纹，在日光里鲜明得像少女一般。威尼斯人真不愧着色的能手。这所房子从运河中看，好像在水里。下两层是玲珑的架子，上一层才是屋子；这是很巧的结构，加上那艳而雅的颜色，令人有惝恍迷离之感。府后有太息桥；从前一边是监狱，一边是法院，狱囚提讯须过这里，所以得名。拜伦诗中曾咏此，因而便脍炙人口起来，其实也只是近世的东西。

威尼斯的夜曲是很著名的。夜曲本是一种抒情的曲子，夜晚在人家窗下随便唱。可是运河里也有：晚上在圣马克方场的河边上，看见河中有红绿的纸球灯，便是唱夜曲的船。雇了“刚朵拉”摇过去，靠着那个船停下，船在水中间，两边挨次排着“刚朵拉”，在微波里荡着，像是两只翅膀。唱曲的有男有女，围着一张桌子坐，轮到了便站起来唱，旁边有音乐和着。曲词自然是意大利语，意大利的语音据说最纯粹，最清朗。听起来似乎的确斩截些，女人的尤其如此——意大利的歌女是出名的。音乐节奏繁密，声情热烈，想来是最流行的“爵士乐”。在微微摇摆地红绿灯球底下，颤着酽酽的歌喉，运河上一片朦胧的夜也似乎透出玫瑰红的样子。唱完几曲之后，船上有人跨过来，反拿着帽子收钱，多少随意。不愿意听了，还可摇到第二处去。这个略略像当年的秦淮河的光景，但秦淮河却热闹得多。

从圣马克方场向西北去，有两个教堂在艺术上是很重要的。一个是圣罗珂堂，旁边有一所屋子，墙上屋顶上满是画；楼上下大小三间屋，共六十二幅画，是丁陶来陀的手笔。屋里暗极，只有早晨看得清楚。丁陶来陀作画时，因地制宜，大部分只粗粗勾勒，利用阴影，叫人看了觉得是几经琢磨似的。《十字架》一幅在楼上小屋内，力量最雄厚。佛拉利堂在圣罗珂近旁，有大画家铁沁（Titian，十六世纪）和近代雕刻家卡奴洼（Canova）的纪念碑。卡奴洼的，灵巧，是自己打的样子；铁沁的，宏壮，是十九世纪中叶才完成的。他的《圣处女升天图》挂在神坛后面，那朱红与亮蓝两种颜色鲜明极了，全幅气韵流动，如风行水上。倍里尼（Giovanni Bellini，十五世纪）的《圣母像》，也是他的精品。他们都还有别的画在这个教堂里。

从圣马克方场沿河直向东去，有一处公园；从一八九五年起，每两年在此地开国际艺术展览会一次。今年是第十八届；加入展览的有意、荷、比、西、丹、法、英、奥、苏俄、美、匈、瑞士、波兰等十三国，意大利的东西自然最多，种类繁极了；未来派立体派的图画雕刻，都可见到，还有别的许多新奇的作品，说不出路数。颜色大概鲜明，教人眼睛发亮；建筑也是新式，简截不啰嗦，痛快之至。苏俄的作品不多，大概是工农生活的表现，兼有沉毅和高兴的调子。他们也用鲜明的颜色，但显然没有很费心思在艺术上，作风老老实实，并不向牛犄角里寻找新奇的玩意儿。

威尼斯的玻璃器皿，刻花皮件，都是名产，以典丽风华胜，绛丝也不错。大理石小雕像，是著名大品的缩本，出于名手的还有味。

憎

◇朱自清

狭隘，孤寂的人间，哪里有善良的生活！唉！我不愿再往下想了！

我生平怕看见干笑，听见敷衍的话；更怕冰搁着的脸和冷淡的言词，看了，听了，心里便会发抖。至于惨酷的佯笑，强烈的揶揄，那简直要我全身都痉挛般掣动了。在一般看惯、听惯、老于世故的前辈们，这些原都是“家常便饭”，很用不着大惊小怪地去张扬；但如我这样一个阅历未深的人，神经自然容易激动些，又痴心渴望着爱与和平，所以便不免有些变态。平常人可以随随便便过去的，我不幸竟是不能；因此增加了好些苦恼，减却了好些“生力”。——这真所谓“自作孽”了！

前月我走过北火车站附近。马路上横躺着一个人：微侧着拳曲的身子。脸被一破芦苇遮了，不曾看见；穿着黑布夹袄，垢腻的淡青的衬里，从一处处不规则地显露，白斜纹的单裤，受了尘秽的沾染，早已变成灰色；双足是赤着，脚底满涂着泥土，脚面满积着尘垢，皮上却绉着网一般的细纹，映在太阳里，闪闪有光。这显然是一个劳动者的尸体了。一个不相干的人死了，原是极平凡的事；况是一个不相干又不相干的劳动者呢？所以围着看的虽有十余人，却都好奇地睁着眼，脸上的筋肉也都冷静而弛缓。我给周遭的冷淡噤住了；但因为我的老脾气，终于茫漠地想着：他的一生是完了；但于他曾有什么价值呢？他的死，自然，不自然呢？上海像他这样人，知道有多少？像他这样死的，知道一日里又有多少？再推到全世界呢？……这不免引起我对于人类运命的一种杞忧了！但是思想忽然转向，何以那些看闲的，于这一个同伴的死如此冷淡呢？倘然死的是他们的兄弟，朋友，或相识者，他们将必哀哭切齿，至少也必惊惶；这个不识者，在他们却是无关得失的，所以便漠然了？但是，果然无关得失么？“叫天子一声叫”，尚能“撕去我一缕神经”，一个同伴悲惨的死，果然无关得失么？一人生在世，倘只有极少极少的所谓得失相关者顾念着，岂不是太孤寂又太狭隘了么？狭隘，孤寂的人间，哪里有善良的生活！唉！我不愿再往下想了！

这便是遍满现世间的“漠视”了。我有一个中学同班的同学。他在高等学校毕了业，今年恰巧和我同事。我们有四五年不见面，不通信了；相见时我很高兴，滔滔汩汩地向他说知别后的情形；称呼他的号，和在中学时一样。他只支持着同样的微笑听着。听完了，仍旧支持那微笑，只用极简单的话说明他中学毕业后的事，又称了我几声“先生”。我起初不曾留意，陡然发见那干涸的微笑，心里先有些怯了；接着便是那机器榨出来的几句话和“敬而远之”的一声声的“先生”，我全身都不自在起来；热烈的想望早冰结在心坎里！可是到底鼓勇说了这一句话：“请不要这样称呼罢；我们是同班的同学哩！”他却笑着不理会，只含糊应了一回；另一个“先生”早又从他嘴里送出了！我再不能开口，只蜷缩在椅子里，眼望着他。他觉得有些奇怪，起身，鞠躬，告辞。我点了头，让他走了。这时羞愧充满在我心里；世界上有什么东西在我身上，使人弃我如敝屣呢？

约莫两星期前，我从大马路搭电车到车站。半路上上来一个魁梧奇伟的华捕。他背着手直挺挺的靠在电车中间的转动机上。穿着青布制服，戴着红缨凉帽，蓝的绑腿，黑的厚重的皮鞋：这都和他别的同伴一样。另有他的一张粗黑的盾形的脸，在那脸上表现出他自己的特色。在那脸，嘴上是抿了，两眼直看着前面，筋肉像浓霜后的大地一般冷重；一切有这样地严肃，我几乎疑惑那是黑的石像哩！从他上车，我端详了好久，总不见那脸上有一丝的颤动；我忽然感到一种压迫的感觉，仿佛有人用一条厚棉被连头夹脑紧紧地捆了我一般，呼吸便渐渐地迫促了。那时电车停了；再开的时候，从车后匆匆跑来一个贫妇。伊有褴褛的古旧的浑沌色的竹布长褂和袴；跑时只是用两只小脚向前挣扎，蓬蓬的黄发纵横地飘拂着；瘦黑多皱襞的脸上，闪烁着两个热望的眼珠，嘴唇不住地开合——自然是喘息了。伊大概有紧要的事，想搭乘电车。来得慢了，捏捉着车上的铁柱。早又被他从伊手里滑去；于是伊只有踉踉跄跄退下了！这时那位华捕忽然出我意外，赫然地笑了；他看着拙笨的伊，叫道：“哦——呵！”他颊上，眼旁，霜浓的筋肉都开始显出匀称的皱纹；两眼细而润泽，不似先前的枯燥；嘴是裂开了，露出两个灿灿的金牙和一色洁白的大齿；他身体的姿势似乎也因此变动了些。他的笑虽然暂时地将我从冷漠里解放；但一刹那间，空虚之感又使我几乎要被身份的大气压扁！因为从那笑的貌和声里，我锋利地感着一切的骄傲、狡猾、侮辱、残忍；只要有“爱的心”，“和平的光芒”的，谁的全部神经能不被痉挛般掣动着呢？

这便是遍满现世间的“蔑视”了。我今年春间，不自量力，去任某校教务主任。同事们多是我的熟人，但我于他们，却几乎是个完全的生人；我遍尝漠视和膜视的滋味，感到莫名的孤寂！那时第一难事是拟订日课表。因了师生们关系的复杂，校长交来三十余条件；经验缺乏、脑筋简单的我，真是无所措手足！挣揣了五六天工夫，好容易勉强凑成了。却有一位在别校兼课的，资望深重的先生，因为有几天午后的第一课和别校午前的第四课衔接，两校相距太远，又要回家吃饭，有些赶不及，便大不满意。他这兼课情形，我本不知，校长先生的条件里，也未开入；课表中不能顾到，似乎也“情有可原”。但这位先生向来是面若冰霜，气如虹盛；他的字典里大约是没有“恕”字的，于是挑战的信来了，说什么“既难枵腹，又无汽车；如何设法，还希见告”！我当时受了这意外的，滥发的，冷酷的讽刺，极为难受；正是满肚皮冤枉，没申诉处，我并未曾有一些开罪于他，他却为何待我如仇敌呢？我便写一信复他，自己略略辩解；对于他的态度，表示十分的遗憾：我说若以他的失当的谴责，便该不理这事，可是因为向学校的责任，我终于给他设法了。他接信后，“上诉”于校长先生。校长先生请我去和他对质。狡黠的复仇的微笑在他脸上，正和有毒的菌类显着光怪陆离的彩色一般。他极力说得慢些，说低些：“为什么说‘便该不理’呢？课表岂是‘钦定’的么？——若说态度，该怎样啊！许要用‘请愿’罢？”这里每一个字便像一把利剑，缓缓地，但是深深地，刺入我心里！——他完全胜利，脸上换了愉快的微笑，侮蔑地看着默了的我，我不能再支持，立刻辞了职回去。

这便是遍满现世间的“敌视”了。

匆 匆

◇朱自清

过去的日子如轻烟，被微风吹散了，如薄雾，被初阳蒸融了；我留着些什么痕迹呢？

燕子去了，有再来的时候；杨柳枯了，有再青的时候；桃花谢了，有再开的时候。但是，聪明的，你告诉我，我们的日子为什么一去不复返呢？——是有人偷了他们罢：那是谁？又藏在何处呢？是他们自己逃走了罢：现在又到了哪里呢？

我不知道他们给了我多少日子；但我的手确乎是渐渐空虚了。在默默里算着，八千多日子已经从我手中溜去，像针尖上一滴水滴在大海里，我的日子滴在时间的流里，没有声音，也没有影子。我不禁头涔涔而泪潸潸了。

去的尽管去了，来的尽管来着；去来的中间，又怎样地匆匆呢？早上我起来的时候，小屋里射进两三方斜斜的太阳。太阳他有脚啊，轻轻悄悄地挪移了；我也茫茫然跟着旋转。于是——洗手的时候，日子从水盆里过去；吃饭的时候，日子从饭碗里过去；默默时，便从凝然的双眼前过去。我觉察他去的匆匆了，伸出手遮挽时，他又从遮挽着的手边过去，天黑时，我躺在床上，他便伶伶俐俐地从我身上跨过，从我脚边飞去了。等我睁开眼和太阳再见，这算又溜走了一日。我掩着面叹息。但是新来的日子的影儿又开始在叹息里闪过了。

在逃去如飞的日子里，在千门万户的世界里的我能做些什么呢？只有徘徊罢了，只有匆匆罢了；在八千多日的匆匆里，除徘徊外，又剩些什么呢？过去的日子如轻烟，被微风吹散了，如薄雾，被初阳蒸融了；我留着些什么痕迹呢？我何曾留着像游丝样的痕迹呢？我赤裸裸来到这世界，转眼间也将赤裸裸的回去罢？但不能平的，为什么偏要白白走这一遭啊？

你聪明的，告诉我，我们的日子为什么一去不复返呢？

郑振铎（1898—1958），福建长乐人，作家、学者、翻译家。有散文集《海燕》，短篇小说集《桂公塘》等。

离　别

◇郑振铎

我看着她的黄色衣服，她的背影，渐渐地远了，消失在过道中了！

一

别了，我爱的中国，我全心爱着的中国。当我倚在高高的船栏上，见着船渐渐地离岸了，船与岸间的水渐渐的阔了，见着许多亲友挥着白巾，挥着帽子，挥着手，说着Adieu，Adieu！听着鞭炮噼噼啪啪地响着，水兵们高呼着向岸上的同伴告别时，我的眼眶是湿润了，我自知我的泪点已经滴在眼镜面了，镜面是模糊了，我有一种说不出的感动！

船慢慢地向前驶着，沿途见了停着的好几只灰色的白色的军舰。不，那不是悬着“青天白日满地红的”国旗的，它的旗帜是“红日”，是“蓝白红”，是“红蓝条交叉着”的联合旗，是有“星点红条”的旗！

两岸是黄土和青草，在过去是两条的青痕，再过去是地平线上的几座小岛山，海水满盈盈地照在夕阳之下，浪涛如顽皮的小童似的跳跃不定。水面上呈现出一片金光。

别了，我爱的中国，我全心爱着的中国！

我不忍离了中国而去，更不忍在这大时代中放弃每人应做的工作而去，抛弃了许多亲爱的勇士们在后面，他们是正用他们的血建造着新的中国，正在以纯挚的热诚争斗着、奋击着。我这样不负责任地离开了中国，我真是一个罪人！

然而我将在这大时代中工作着的，我将终为中国而努力，而呈献我的身，我的心；我别了中国，为的是求更好的经验，求更好的奋斗工具。暂别了，暂别了，在各方面争斗着的勇士们，我不久将以更勇猛的力量加入你们当中了。

当我归来的时候，我希望这些悬着“红日”的，“蓝白红”的，有“星点红条”的，“红蓝条交叉着”的一切旗帜的白色灰色的军舰都已不见了，代替它们的是我们的可喜爱的悬着我们的旗帜的伟大舰队。

如果它们那时还没有退去中国海，还没有为我们所消灭，那么，来，勇士们！我将加入你们的队中，以更勇猛的力量，去压迫它们，去毁灭它们！

这是我的誓言！

别了，我爱的中国，我全心爱着的中国！

二

别了，我最爱的祖母、母亲、妹妹，以及一切亲友们！我没有想到我动身得那么匆促。我决定动身，是在行期前的七天；跑去告诉祖母和许多亲友们，是在行期前的五天。我想我们的别离至多不过是两年、三年，然而我心里总有一种离愁堆积着。两三年的时光，在上海住着是如燕子疾飞似的匆匆滑过去了，然而在孤身栖止于海外的游子看来，是如何漫长的一个时间呀！在倚闾而望游子归来的祖母、母亲们和数年来终日聚首的爱友们看来，又是如何漫长的一个时期呀！祖母在半年来，身体又渐渐地回复康健了，精神也很好，所以我敢于安心远游。要在半年前，我真的不忍与她相别呢！然而当她听见我要远别的消息时，她口里不说什么，还很高兴地鼓励着我，要我保重自己的身体，在外不像在家，没有人细心照应了，饮食要小心，被服要盖得好些，落在床下是不会有人来拾起了；又再三叮嘱着我，能够早回，便早些回来。她这些话是安舒地慈爱地说着的，然而在她慢缓的语声中，在她微蹙的眉尖上，我已看出她是满孕着难告的苦闷与别意。不忍与她的孩子离别，而又不忍阻挡他的前进，这其间是如何的踌躇苦恼、不安！人非铁石，谁不觉此！第二天，第三天，她的筋痛的旧病，便又微微地发作了。这是谁的罪过！行期前一天的晚上，我去向她告别，勉强装出高兴的样子，要逗引开她的忧怀别绪；她也勉强装着并不难过的样子，这还不是她也怕我伤心吗？在强装的笑容间，我看出万难遮盖的伤别的阴影。她强忍着呢！以全力忍着呢！母亲也是如此，假定她们是哭了，我一定要弃了我离国的决心，一定的！这夜临别时，我告诉她们说，第二天还要来一次。但是，不，第二天，我绝不敢再去向她们告别了。我真怕摇动了我的离国的决心！我宁愿负一次说谎的罪，我宁愿负一次不去拜别的罪！

岳父是真希望我有所成就的，他对于我的离国，用全力来赞助。他老人家仆仆地在路上跑，为了我的事，不知有几次了！托人，找人帮忙，换钱……都是他在忙着。我不知将如何说感谢的话好！然而临别时，他也不免有戚意。我看他扶着箴，在太阳光中忙乱的码头上站着，挥着手，我真的感动得说不出话来。

许多朋友，亲戚……他们都给我以在我预想以上之帮忙与亲切的感觉，这使我更不忍于离别了！

果然如此的轻于言离别，而又在外游荡着，一无成就，将如何地伤了祖母、母亲、岳父，以及一切亲友的心呢！

别了，我最爱的祖母，以及一切亲友们！

三

当我与岳父同车到商务去时，我首先告诉他我将于21日动身了。归家时，我将这话第二次告诉给箴，她还以为我是与她开开玩笑的。

“哪里的话！真的要这么快就动身么？”

“哪一个骗你，自然是真的，因为有同伴。”

她还不信，摇摇头道：“等爸爸回来问他看。你的话不能信。”

岳父回家，她真的去问了。

“哪里会假的，振铎一定要动身了，只有六七天工夫，快去预备行装！”他微笑地说着。

箴有些愕然了：“爸爸也骗我！”

“并没有骗你，是一点不假的事。”他正经地说道。

她不响了，显然心上罩了一层殷浓的苦闷。

“铎，你为什么这样快动身？再等几时，8月间再走不好么？”箴的话有些生涩，不如刚才的轻快了。

一天天地过去，我们俩除同出去置办行装外，相聚的时候很少。我每天还去办公，因为有许多事要结束。

每个黄昏，每个清晨，她都以同一的凄声向我说道：“铎，不要走了吧！”

“等到8月间再走不好么？”

我踌躇着，我不能下一个决心，我真的时时刻刻想不走。去年我们俩一天的相离，已经不可忍受了，何况如今是两三年的相别呢？

我真的不想走！

“泪眼相见，觉无语幽咽。”在别前的三四天已经是如此了。每天的早餐，我都咽不下去，心上似有千百重的铅块压着，说不出的难过。当护照没有签好字时，箴暗暗地希望着英、法领事拒绝签字，于是我可以不走了。我也竟是如此暗暗地希望着。

当许多朋友请我们饯别宴上，我曾笑对他们说道：“假定我不走呢，吃了这一顿饭要不要奉还？”这不是一句笑话，我是真的这样想呢。即在整理行装时，我还时时地这样暗念着：姑且整理整理，也许去不成。

然而护照终于签了字，终于要于第二天动身了。

只有动身的那一天早晨，我们俩是始终地聚首着。我们同倚在沙发上。有千万语要说，却一句也都说不出，只是默默地相对。

箴呜咽地哭了，我眼眶中也装满了热泪。谁能吃得下午饭呢！

码头上，握了手后，我便上船了。船上催送客者回去的铃声已经叮叮地摇着了。我倚在船栏上，她站在岳父身边，暗暗地在拭泪。中间隔的是几丈的空间，竟不能再一握手，再一谈话。此情此景，将何以堪！最后，岳父怕她太伤心了，便领了她先去。那临别的一瞬，她已经不能再有所表示了，连手也不能挥送，只慢慢地走出码头，她的手握着白巾，在眼眶边不停地拭着。我看着她的黄色衣服，她的背影，渐渐地远了，消失在过道中了！

“黯然魂销者唯别而已矣！”

Adieu！Adieu！

希望几个月之后——不敢望几天或几十天，在国外再有一次“不速之客”的经历。

“别离”，那真不是容易说的！

海　燕

◇郑振铎

小燕子在海面上斜掠着，浮憩着。它们果是我们故乡的小燕子吗?

乌黑的一身羽毛，光滑漂亮，积伶积俐，加上一双剪刀似的尾巴，一对劲俊轻快的翅膀，凑成了那样可爱的活泼的一只小燕子。当春间二三月，轻飔微微地吹拂着，如毛的细雨无因地由天上洒落着，千条万条的柔柳，齐舒了它们的黄绿的眼，红的白的黄的花，绿的草，绿的树叶，皆如赶赴市集者似的奔聚而来，形成了烂漫无比的春天时，那些小燕子，那么伶俐可爱的小燕子，便也由南方飞来。加入了这个隽妙无比的春景的图画中，为春光平添了许多的生趣。小燕子带了它的双剪似的尾，在微风细雨中，或在阳光满地时，斜飞于旷亮无比的天空之上，唧的一声，已由这里稻田上，飞到了那边的高柳之下了。再几只却隽逸地在粼粼如纹的湖面横掠着，小燕子的剪尾或翼尖，偶沾了水面一下，那小圆晕便一圈一圈地荡漾开去。那边还有飞倦了的几对，闲散的憩息于纤细的电线上——嫩蓝的春天，几支木杆，几痕细线连于杆与杆间，线上是停着几个粗而有致的小黑点，那便是燕子，是多么有趣的一幅图画呀！还有一家家的快乐家庭，他们还特为我们的小燕子备了一个两个小巢，放在厅梁的最高处，假如这家有了一个匾额，那匾后便是小燕子最好的安巢之所。第一年，小燕子来往了，第二年，我们的小燕子，就是去年的一对，它们还要来住。

“燕子归来寻旧垒。”

还是去年的主，还是去年的宾，他们宾主间是如何的融融洽洽呀！偶然的有几家，小燕子却不来光顾，那便很使主人忧戚，他们邀召不到那么隽逸的嘉宾，每以为自己运命的蹇劣呢。

这便是我们故乡的小燕子，可爱的活泼的小燕子，曾使几多的孩子们欢呼着、注意着、沉醉着，曾使几多的农人们市民们忧戚着，或舒怀地指点着，且曾平添了几多的春色，几多的生趣于我们的春天的小燕子！

如今，离家是几千里！离国是几千里！托身于浮宅之上，奔驰于万顷海涛之间，不料却见着我们的小燕子。

这小燕子，便是我们故乡的那一对，两对么？便是我们今春在故乡所见的那一对，两对么？

见了它们，游子们能不引起了，至少是轻烟似的，一缕两缕的乡愁么？

海水是皎洁无比的蔚蓝色，海波是平稳得如春晨的西湖一样，偶有微风，只吹起了绝细绝细的千万个粼粼的小皱纹，这更使照晒于初夏之太阳光之下的、金光烂灿的水面显得温秀可喜。我没有见过那么美的海！天上也是皎洁无比的蔚蓝色，只有几片薄纱似的轻云，平贴于空中，就如一个女郎，穿了绝美的蓝色夏衣，而颈间却围绕了一段绝细绝轻的白纱巾。我没有见过那么美的天空！我们倚在青色的船栏上，默默地望着这绝美的海天；我们一点杂念也没有，我们是被沉醉了，我们是被带入晶天中了。

就在这时，我们的小燕子，二只，三只，四只，在海上出现了。它们仍是隽逸的从容的在海面上斜掠着，如在小湖面上一样；海水被它的似剪的尾与翼尖一打，也仍是连漾了好几圈圆晕。小小的燕子，浩莽的大海，飞着飞着，不会觉得倦吗？不会遇着暴风疾雨吗？我们真替它们担心呢！

小燕子却从容地憩着了。它们展开了双翼，身子一落，落在海面上了，双翼如浮圈似的支持着体重，活是一只乌黑的小水禽，在随波上下地浮着，又安闲，又舒适。海是它们那么安好的家，我们真是想不到。

在故乡，我们还会想象得到我们的小燕子是这样的一个海上英雄吗？

海水仍是平贴无波，许多绝小绝小的海鱼，为我们的船所惊动，群向远处窜去；随了它们飞窜着，水面起了一条条的长痕，正如我们当孩子时之用瓦片打水漂在水面所划起的长痕。这小鱼是我们小燕子的粮食吗？

小燕子在海面上斜掠着，浮憩着。它们果是我们故乡的小燕子吗？

啊，乡愁呀，如轻烟似的乡愁呀！

老舍（1899—1966），作家。有长篇小说《猫城记》《骆驼祥子》《四世同堂》，话剧《龙须沟》《茶馆》等。

我的母亲

◇老　舍

生命是母亲给我的。我之能长大成人，是母亲的血汗灌养的。

母亲的娘家是在北平德胜门外，土城儿外边，通大钟寺的大路上的一个小村里。村里一共有四五家人家，都姓马。大家都种点不十分肥美的土地，但是与我同辈的兄弟们，也有当兵的，作木匠的，作泥水匠的和当巡察的。他们虽然是农家，却养不起牛马，人手不够的时候，妇女便也须下地作活。

对于姥姥家，我只知道上述的一点。外公外婆是什么样子，我就不知道了，因为他们早已去世。至于更远的族系与家史，就更不晓得了；穷人只能顾眼前的衣食，没有功夫谈论什么过去的光荣；“家谱”这字眼，我在幼年就根本没有听说过。

母亲生在农家，所以勤俭诚实，身体也好。这一点事实却极重要，因为假若我没有这样的一位母亲，我以为我恐怕也就要大大的打个折扣了。

母亲出嫁大概是很早，因为我的大姐现在已是六十多岁的老太婆，而我的大外甥女还长我一岁啊。我有三个哥哥，四个姐姐，但能长大成人的，只有大姐、二姐、三哥与我。我是“老”儿子。生我的时候，母亲已有四十一岁，大姐二姐已都出了阁。

由大姐与二姐所嫁入的家庭来推断，在我生下之前，我的家里，大概还马马虎虎的过得去。那时候定婚讲究门当户对，而大姐丈是作小官的，二姐丈也开过一间酒馆，他们都是相当体面的人。

可是，我，我给家庭带来了不幸：我生下来，母亲晕过去半夜，才睁眼看见她的老儿子——感谢大姐，把我揣在怀里，致未冻死。

一岁半，我把父亲“克”死了。

兄不到十岁，三姐十二三岁，我才一岁半，全仗母亲独力抚养了。父亲的寡姐跟我们一块儿住，她吸鸦片，她喜摸纸牌，她的脾气极坏。为我们的衣食，母亲要给人家洗衣服，缝补或裁缝衣裳。在我的记忆中，她的手终年是鲜红微肿的。白天，她洗衣服，洗一两大绿瓦盆。她作事永远丝毫也不敷衍，就是屠户们送来的黑如铁的布袜，她也给洗得雪白。晚间，她与三姐抱着一盏油灯，还要缝补衣服，一直到半夜。她终年没有休息，可是在忙碌中她还把院子屋中收拾得清清爽爽。桌椅都是旧的，柜门的铜活久已残缺不全，可是她的手老使破桌面上没有尘土，残破的铜活发着光。院中，父亲遗留下的几盆石榴与夹竹桃，永远会得到应有的浇灌与爱护，年年夏天开许多花。

哥哥似乎没有同我玩耍过。有时候，他去读书；有时候，他去学徒；有时候，他也去卖花生或樱桃之类的小东西。母亲含着泪把他送走，不到两天，又含着泪接他回来。我不明白这都是什么事，而只觉得与他很生疏。与母亲相依为命的是我与三姐。因此，她们作事，我老在后面跟着。她们浇花，我也张罗着取水；她们扫地，我就撮土……从这里，我学得了爱花，爱清洁，守秩序。这些习惯至今还被我保存着。

有客人来，无论手中怎么窘，母亲也要设法弄一点东西去款待。舅父与表哥们往往是自己掏钱买酒肉食，这使她脸上羞得飞红，可是，殷勤地给他们温酒作面，又给她一些喜悦。遇上亲友家中有喜丧事，母亲必把大褂洗得干干净净，亲自去贺吊——份礼也许只是两吊小钱。到如今如我的好客的习性，还未全改，尽管生活是这么清苦，因为自幼儿看惯了的事情是不易改掉的。

姑母常闹脾气。她单在鸡蛋里找骨头。她是我家中的阎王。直到我入了中学，她才死去，我可是没有看见母亲反抗过。“没受过婆婆的气，还不受大姑子的吗？命当如此！”母亲在非解释一下不足以平服别人的时候，才这样说。是的，命当如此。母亲活到老，穷到老，辛苦到老，全是命当如此。她最会吃亏。给亲友邻居帮忙，她总跑在前面：她会给婴儿洗三——穷朋友们可以因此少花一笔“请姥姥”钱——她会刮痧，她会给孩子们剃头，她会给少妇们绞脸……凡是她能作的，都有求必应。但是，吵嘴打架，永远没有她。她宁吃亏，不逗气。当姑母死去的时候，母亲似乎把一世的委屈都哭了出来，一直哭到坟地。不知道哪里来的一位侄子，声称有承继权，母亲便一声不响，教他搬走那些破桌子烂板凳，而且把姑母养的一只肥肉鸡也送给他。

可是，母亲并不软弱。父亲死在庚子闹“拳”的那一年。联军入城，挨家搜索财物鸡鸭，我们被搜两次。母亲拉着哥哥与三姐坐在墙根，等着“鬼子”进门，街门是开着的。“鬼子”进门，一刺刀先把老黄狗刺死，而后入室搜索，他们走后，母亲把破衣箱搬起，才发现了我。假若箱子不空，我早就被压死了。皇上跑了，丈夫死了，鬼子来了，满城是血光火焰，可是母亲不怕，她要在刺刀下，饥荒中，保护着儿女。北平有多少变乱啊，有时候兵变了，街市整条的烧起，火团落在我们院中。有时候内战了，城门紧闭，铺店关门，昼夜响着枪炮。这惊恐，这紧张，再加上一家饮食的筹划，儿女安全的顾虑，岂是一个软弱的老寡妇所能受得起的？可是，在这种时候，母亲的心横起来，她不慌不哭，要从无办法中想出办法来。她的泪会往心中落！这点软而硬的性格，也传给了我。我对一切人与事，都取和平的态度，把吃亏看作当然的。但是，在作人上，我有一定的宗旨与基本的法则，什么事都可将就，而不能超过自己划好的界限。我怕见生人，怕办杂事，怕出头露面；但是到了非我去不可的时候，我便不得不去，正像我的母亲。从私塾到小学，到中学，我经历过起码有二十位教师吧，其中有给我很大影响的，也有毫无影响的，但是我的真正的教师，把性格传给我的，是我的母亲。母亲并不识字，她给我的是生命的教育。

当我在小学毕了业的时候，亲友一致的愿意我去学手艺，好帮助母亲。我晓得我应当去找饭吃，以减轻母亲的勤劳困苦。可是，我也愿意升学。我偷偷的考入了师范学校——制服、饭食、书籍、宿处，都由学校供给。只有这样，我才敢对母亲提升学的话。入学，要交十元的保证金，这是一笔巨款！母亲作了半个月的难，把这巨款筹到，而后含泪把我送出门去。她不辞劳苦，只要儿子有出息。当我由师范毕业，而被派为小学校校长，母亲与我都一夜不曾合眼。我只说了句："以后，您可以歇一歇了！"她的回答只有一串串的眼泪。我入学之后，三姐结了婚。母亲对儿女都是一样疼爱的，但是假若她也有点偏爱的话，她应当偏爱三姐，因为自父亲死后，家中一切的事情都是母亲和三姐共同撑持的。三姐是母亲的右手，但是母亲知道这右手必须割去，她不能为自己的便利而耽误了女儿的青春。当花轿来到我们的破门外的时候，母亲的手就和冰一样的凉，脸上没有血色——那是阴历四月，天气很暖，大家都怕她晕过去。可是，她挣扎着，咬着嘴唇，手扶着门框，看花轿徐徐的走去。不久，姑母死了。三姐已出嫁，哥哥不在家，我又住学校，家中只剩母亲自己。她还须自晓至晚的操作，可是终日没人和她说一句话。新年到了，正赶上政府倡用阳历，不许过旧年。除夕，我请了两小时的假，由拥挤不堪的街市回到清炉冷灶的家中。母亲笑了。及至听说我还须回校，她愣住了。半天，她才叹出一口气来。到我该走的时候，她递给我一些花生，"去吧，小子！"街上是那么热闹，我却什么也没看见，泪遮迷了我的眼。今天，泪又遮住了我的眼，又想起当日孤独的过那凄惨的除夕的慈母。可是慈母不会再候盼着我了，她已入了土！

儿女的生命是不依顺着父母所设下的轨道一直前进的，所以老人总免不了伤心。我廿三岁，母亲要我结了婚，我不要。我请来三姐给我说情，老母含泪点了头。我爱母亲，但是我给了她最大的打击。时代使我成为逆子。廿七岁，我上了英国。为了自己，我给六十多岁的老母以第二次打击。在她七十大寿的那一天，我还远在异域。那天，据姐姐们后来告诉我，老太太只喝了两口酒，很早的便睡下。她想念她的幼子，而不便说出来。

七七抗战后，我由济南逃出来。北平又像庚子那年似的被鬼子占据了，可是母亲日夜惦念的幼子却跑西南来。母亲怎样想念我，我可以想象得到，可是我不能回去。每逢接到家信，我总不敢马上拆看，我怕，怕，怕，怕有那不详的消息。人，即使活到八九十岁，有母亲便可以多少还有点孩子气。失了慈母便像花插在瓶子里，虽然还有色有香，却失去了根。有母亲的人，心里是安定的。我怕，怕，怕家信中带来不好的消息，告诉我已是失了根的花草。

去年一年，我在家信中找不到关于老母的起居情况。我疑虑，害怕。我想象得到，如有不幸，家中念我流亡孤苦，或不忍相告。母亲的生日是在九月，我在八月半写去祝寿的信，算计着会在寿日之前到达。信中嘱咐千万把寿日的详情写来，使我不再疑虑。十二月二十六日，由文化劳军的大会上回来，我接到家信。我不敢拆读。就寝前，我拆开信，母亲已去世一年了！

生命是母亲给我的。我之能长大成人，是母亲的血汗灌养的。我之所以能成为一个不十分坏的人，是母亲感化的。我的性格，习惯，是母亲传给的。她一世未曾享过一天福，临死还吃的是粗粮！唉！还说什么呢？心痛！心痛！

习　惯

◇老　舍

行难知易，有如是者。

不管别位，以我自己说，思想是比习惯容易变动的。每读一本书，听一套议论，甚至看一回电影，都能使我的脑子转一下。脑子的转法像螺丝钉，虽然是转，却也往前进。所以，每转一回，思想不仅变动，而且多少有点进步。记得小的时候，有一阵子很想当“黄天霸”。每逢四顾无人，便掏出瓦块或碎砖，回头轻喊：看镖！有一天，把醋瓶也这样出了手，几乎挨了顿打。这是听《五女七贞》的结果。及至后来读了托尔斯泰等人的作品，就是看了杨小楼扮演的“黄天霸”，也不会再扔醋瓶了。你看，这不仅是思想老在变动，而好歹的还高了一二分呢。

习惯可不能这样。拿吸烟说吧，读什么，看什么，听什么，都吸着烟。图书馆里不准吸烟，干脆就不去。书里告诉我，吸烟有害，于是想烟，可是想完了，照样点上一支。医院里陈列着“烟肺”也看见过，颇觉恐慌，我也是有肺动物啊！这点嗜好都去不掉，连肺也对不起呀，怎能成为英雄呢？！思想很高伟了；乃至吃过饭，高伟的思想又随着蓝烟上了天。有的时候确是坚决，半天儿不动些小白纸卷儿，而且自号为理智的人——对面是习惯的人。后来也不是怎么一股劲，连吸三支，合着并未吃亏。肺也许又黑了许多，可是心还跳着，大概一时还不至于死，这很足自慰。什么都这样。接说一个自居“摩登”的人，总该常常携着夫人在街上走走了。我也这么想过，可是做不到。大家一看，我就毛咕，“你慢慢走着，咱们家里见吧！”把夫人落在后边，我自己迈开了大步。什么“尖头曼”“方头曼”的，不管这一套，虽然这么谈到底觉得差一点。从此再不双双走街。

明知电影比京戏文明一些，明知京戏的锣鼓专会供给头疼，可是嘉宝或红发女郎总胜不过杨小楼去。锣鼓使人头疼的舒服，仿佛是吧，同样，冰激凌、咖啡、青岛洗海澡、美国桔子，都使我摇头。酸梅汤、香片茶、裕德池、肥城桃，老有种知己的好感。这与提倡国货无关，而是自幼儿养成的习惯。年纪虽然不大，可是我的幼年还赶上了野蛮时代。那时候连皇上都不坐汽车，可想见那是多么野蛮了。

跳舞是多么文明的事呢，我也没份儿。人家印度青年与日本青年，在巴黎或伦敦看见跳舞，都讲究馋得咽唾沫。有一次，在艾丁堡，跳舞场拒绝印度学生进去，有几位差点上了吊。还有一次在海船上举行跳舞会，一个日本青年气得直哭。因为没人招呼他去跳，有人管这种好热闹叫作猴子摹仿，我倒并不这么想，在我的脑子里，我看这并不成什么问题，跳不能叫印度登时独立。也不能叫日本灭亡。不跳呢，更不会就怎样了不得，可是我不跳。一个人吃饱了没事，独自跳跳，还倒怪好。叫我和位女郎来回的拉扯，无论说什么也来不得。贡着就是不顺眼，不用说真去跳了。这和吃冰激凌一样，我没有这个胃口。舌头一凉，马上联想到泻肚，其实心里准知道没有危险。

还有吃西餐呢。干净，有一定份量，好消化，这些我全知道。不过吃完西餐要不补充上一碗馄饨两个烧饼，总觉得怪委曲的。吃了带血的牛肉，喝凉水，我一定跑肚。想象的作用。这就没有办法了，想象真会叫肚子山响！

对于朋友，我永远爱交老粗儿。长发的诗人，洋装的女郎，打微高尔夫的男性女性，咬言咂字的学者，满跟我没缘。看不惯。老粗儿的言谈举止是咱自幼听惯看惯的。一看见长发诗人，我老是要告诉他先去理发；即使我十二分佩服他的诗才，他那些长发使我堵的慌。家兄永远到“推剃两从便”的地方去“剃”，亮堂堂的很悦目。女子也剪发，在理认论上我极同意，可是看着别扭。问我女子该梳什么“头”，我也答不出，我总以为女性应留着头发。我的母亲，我的大姐，不都是世界上最好的女人么？她们都没剪发。

行难知易，有如是者。

想北平

◇老　舍

像我这样的一个贫寒的人，或者只有在北平能享受一点清福了。

设若让我写一本小说，以北平作背景，我不至于害怕，因为我可以捡着我知道的写，而躲开我所不知道的。但要让我把北平一一道来，我没办法。北平的地方那么大，事情那么多，我知道的真觉太少了，虽然我生在那里，一直到廿七岁才离开。以名胜说，我没到过陶然亭，这多可笑！以此类推，我所知道的那点只是“我的北平”，而我的北平大概等于牛的一毛。

可是，我真爱北平。这个爱几乎是要说而说不出的。我爱我的母亲。怎样爱？我说不出。在我想作一件讨她老人家喜欢的事情的时候，我独自微微的笑着；在我想到她的健康而不放心的时候，我欲落泪。语言是不够表现我的心情的，只有独自微笑或落泪才足以把内心揭露在外面一些来。我之爱北平也近乎这个。夸奖这个古城的某一点是容易的，可是那就把北平看得太小了。我所爱的北平不是枝枝节节的一些什么，而是整个儿与我的心灵相黏合的一段历史，一大块地方，多少风景名胜，从雨后什刹海的蜻蜓一直到我梦里的玉泉山的塔影，都积凑到一块，每一小的事件中有个我，我的每一思念中有个北平，这只有说不出而已。

真愿成为诗人，把一切好听好看的字都浸在自己的心血里，像杜鹃似的啼出北平的俊伟。啊！我不是诗人！我将永远道不出我的爱，一种像由音乐与图画所引起的爱。这不但辜负了北平，也对不住我自己，因为我的最初的知识与印象都得自北平，它是在我的血里，我的性格与脾气里有许多地方是这古城所赐给的。我不能爱上海与天津，因为我心中有个北平。可是我说不出来！

伦敦，巴黎，罗马与堪司坦丁堡，曾被称为欧洲的四大“历史的都城”。我知道一些伦敦的情形；巴黎与罗马只是到过而已；堪司坦丁堡根本没有去过。就伦敦，巴黎，罗马来说，巴黎更近似北平——虽然“近似”两字要拉扯得很远——不过，假使让我“家住巴黎”，我一定会和没有家一样的感到寂苦。巴黎，据我看，还太热闹。自然，那里也有空旷静寂的地方，可是又未免太旷；不像北平那样既复杂而又有个边际，使我能摸着——那长着红酸枣的老城墙！面向着积水滩，背后是城墙，坐在石上看水中的小蝌蚪或苇叶上的嫩蜻蜓，我可以快乐的坐一天，心中完全安适，无所求也无可怕，像小儿安睡在摇篮里。是的，北平也有热闹的地方，但是它和太极拳相似，动中有静。巴黎有许多地方使人疲乏，所以咖啡与酒是必要的，以便刺激；在北平，有温和的香片茶就够了。

论说巴黎的布置已比伦敦罗马匀调得多了，可是比上北平还差点事儿。北平在人为之中显出自然，几乎是什么地方既不挤得慌，又不太僻静：最小的胡同里的房子也有院子与树；是空旷的地方也离买卖街与住宅区不远。这种分配法可以算——在我的经验中——天下第一了。北平的好处不在处处设备得完全，而在它处处有空儿，可以使人自由的喘气；不在有好些美丽的建筑，而在建筑的四周都有空闲的地方，使它们成为美景。每一个城楼，每一个牌楼，都可以从老远就看见。况且在街上还可以看见北山与西山呢！

好学的，爱古物的，人们自然喜欢北平，因为这里书多古物多。我不好学，也没钱买古物。对于物质上，我却喜爱北平的花多菜多果子多。花草是种费钱的玩艺，可是此地的“草花儿”很便宜，而且家家有院子，可以花不多的钱而种一院子花，即使算不了什么，可是到底可爱呀。墙上的牵牛，墙根的靠山竹与草茉莉，是多么省钱省事而也足以招来蝴蝶呀！至于青菜、白菜、扁豆、毛豆角、黄瓜、菠菜，等等，大多数是直接由城外担来而送到家门口的。雨后，韭菜叶上还往往带着雨时溅起的泥点。青菜摊子上的红红绿绿几乎有诗似的美丽。果子有不少是由西山与北山来的，西山的沙果，海棠，北山的黑枣，柿子，进了城还带着一层白霜儿呀！哼，美国的橘子包着纸；遇到北平的带霜儿的玉李，还不愧杀！

是的，北平是个都城，而能有好多自己产生的花，菜，水果，这就使人更接近了自然。从它里面说，它没有像伦敦的那些成天冒烟的工厂；从外面说，它紧连着园林，菜圃与农村。采菊东篱下，在这里，确是可以悠然见南山的；大概把“南”字变个“西”或“北”，也没有多少了不得的吧。像我这样的一个贫寒的人，或者只有在北平能享受一点清福了。

好，不再说了吧；要落泪了，真想念北平呀！

又是一年芳草绿

◇老　舍

人是不容易看清楚自己的。

悲观有一样好处，它能叫人把事情都看轻了一些。这个可也就是我的坏处，它不起劲，不积极。您看我挺爱笑不是？因为我悲观。悲观，所以我不能扳起面孔，大喊："孤——刘备！"我不能这样。一想到这样，我就要把自己笑毛咕了。看着别人吹胡子瞪眼睛，我从脊梁沟上发麻，非笑不可。我笑别人，因为我看不起自己。别人笑我，我觉得应该；说得天好，我不过是脸上平润一点的猴子。我笑别人，往往招人不愿意；不是别人的量小，而是不象我这样稀松，这样悲观。我打不起精神去积极的干，这是我的大毛病。可是我不懒，凡是我该作的我总想把它作了，总算得点报酬养活自己与家里的人——往好了说，尽我的本分。我的悲观还没到想自杀的程度，不能不找点事作。有朝一日非死不可呢，那只好死喽，我有什么法儿呢？

这样，你瞧，我是无大志的人。我不想当皇上。最乐观的人才敢作皇上，我没这份胆气。

有人说我很幽默，不敢当。我不懂什么是幽默。假如一定问我，我只能说我觉得自己可笑，别人也可笑；我不比别人高，别人也不比我高。谁都有缺欠，谁都有可笑的地方。我跟谁都说得来，可是他得愿意跟我说；他一定说他是圣人，叫我三跪九叩报门而进，我没这个瘾。我不教训别人，也不听别人的教训。幽默，据我这么想，不是嬉皮笑脸，死不要鼻子。

也不是怎股子劲儿，我成了个写家。我的朋友德成粮店的写帐先生也是写家，我跟他同等，并且管他叫二哥。既是个写家，当然得写了。“风格即人”——还是“风格即驴”？——我是怎个人自然写怎样的文章了。于是有人管我叫幽默的写家。我不以这为荣，也不以这为辱。我写我的。卖得出去呢，多得个三块五块的，买什么吃不香呢。卖不出去呢，拉倒，我早知道指着写文章吃饭是不易的事。

稿子寄出去，有时候是肉包子打狗，一去不回头；连个回信也没有。这，咱只好幽默；多喒见着那个骗子再说，见着他，大概我们俩总有一个笑着去见阎王的，不过，这是不很多见的，要不怎么我还没想自杀呢。常见的事是这个，稿子登出去，酬金就睡着了，睡得还是挺香甜。直到我也睡着了，它忽然来了，仿佛故意吓人玩。数目也惊人，它能使我觉得自己不过值一毛五一斤，比猪肉还便宜呢。这个咱也不说什么，国难期间，大家都得受点苦，人家开铺子的也不容易，掌柜的吃肉，给咱点汤喝，就得念佛。是的，我是不能当皇上，焚书坑掌柜的，咱没那个狠心，你看这个劲儿！不过，有人想坑他们呢，我也不便拦着。

这么一来，可就有许争人看不起我。连好朋友都说：“伙计，你也硬正着点，说你是为人类而写作，说你是中国的高尔基；你太泄气了！”真的，我是泄气，我看高尔基的胡子可笑。他老人家那股子自卖自夸的劲儿，打死我也学不来。人类要等着我写文章才变体面了，那恐怕太晚了吧？我老觉得文学是有用的；拉长了说，它比任何东西都有用，都高明。可是往眼前说，它不如一尊高射炮，或一锅饭有用。我不能吆喝我的作品是“人类改造丸”，我也不相信把文学杀死便天下太平。我写就是了。

别人的批评呢？批评是有益处的。我爱批评，它多少给我点益处；即使完全不对，不是还让我笑一笑吗？自己写的时候仿佛是蒸馒头呢，热气腾腾，莫名其妙。及至冷眼人一看，一定看出许多错儿来。我感谢这种指摘。说的不对呢，那是他的错儿，不干我的事。我永不驳辩，这似乎是胆儿小；可是也许是我的宽宏大量。我不便往自己脸上贴金。一件事总得由两面瞧，是不是？

对于我自己的作品，我不拿她们当作宝贝。是呀，当写作的时候，我是卖了力气，我想往好了写。可是一个人的天才与经验是有限的，谁也不敢保了老写的好，连荷马也有打盹的时候。有的人呢，每一拿笔便想到自己是但丁，是莎士比亚。这没有什么不可以的，天才须有自信的心。我可不敢这样，我的悲观使我看轻自己。我常想客观的估量估量自己的才力；这不易作到，我究竟不能象别人看我看得那样清楚；好吧，既不能十分看清楚了自己，也就不用装蒜，谦虚是必要的，可是装蒜也大可以不必。

对作人，我也是这样。我不希望自己是个完人，也不故意的招人家的骂。该求朋友的呢，就求；该给朋友作的呢，就作。作的好不好，咱们大家凭良心。所以我很和气，见着谁都能扯一套。可是，初次见面的人，我可是不大爱说话；特别是见着女人，我简直张不开口，我怕说错了话。在家里，我倒不十分怕太太，可是对别的女人老觉着恐慌，我不大明白妇女的心理；要是信口开河的说，我不定说出什么来呢，而妇女又爱挑眼。男人也有许多爱挑眼的，所以初次见面，我不大愿开口。我最喜辩论，因为红着脖子粗着筋的太不幽默。我最不喜欢好吹腾的人，可并不拒绝与这样的人谈话；我不爱这样的人，但喜欢听他的吹。最好是听着他吹，吹着吹着连他自己也忘了吹到什么地方去，那才有趣。

可喜的是有好几位生朋友都这么说："没见着阁下的时候，总以为阁下有八十多岁了。敢情阁下并不老。"是的，虽然将奔四十的人，我倒还不老。因为对事轻淡，我心中不大藏着计划，作事也无须耍手段，所以我能笑，爱笑；天真的笑多少显着年青一些。我悲观，但是不愿老声老气的悲观，那近乎"虎事"。我愿意老年轻轻的，死的时候象朵春花将残似的那样哀而不伤。我就怕什么"权威"咧，"大家"咧，"大师"咧，等等，老气横秋的字眼们。我爱小孩，花草，小猫，小狗，小鱼；这些都不"虎事"。偶尔看见个穿小马褂的"小大人"，我能难受半天，特别是那种所谓聪明的孩子，让我难过。比如说，一群小孩都在那儿看变戏法儿，我也在那儿，单会有那么一两个七八岁的小老头说："这都是假的！"这叫我立刻走开，心里堵上一大块。世界确是更"文明"了，小孩也懂事懂得早了，可是我还愿意大家傻一点，特别是小孩。假若小猫刚生下来就会捕鼠，我就不再养猫，虽然它也许是个神猫。

我不大爱说自己，这多少近乎"吹"。人是不容易看清楚自己的。不过，刚过完了年，心中还慌着，叫我写"人生于世"，实在写不出，所以就近的拿自己当材料。万一将来我不得已而作了皇上呢，这篇东西也许成为史料，等着瞧吧。

方志敏（1900—1935），江西弋阳人，革命烈士。著有《可爱的中国》等。

清　贫

◇方志敏

清贫，洁白朴素的生活，正是我们革命者能够战胜许多困难的地方！

我从事革命斗争，已经十余年了。在这长期的奋斗中，我一向是过着朴素的生活，从没有奢侈过。经手的款项，总在数百万元；但为革命而筹集的金钱，是一点一滴的用之于革命事业。这在国方的伟人们看来，颇似奇迹，或认为夸张；而矜持不苟，舍已为公，却是每个共产党员具备的美德。所以，如果有人问我身边有没有一些积蓄，那我可以告诉你一桩趣事：

就在我被俘的那一天一个最不幸的日子，有两个国方兵士，在树林中发现了我，而且猜到我是什么人的时候，他们满肚子热望在我身上搜出一千或八百大洋，或者搜出一些金镯金戒指一类的东西，发个意外之财。哪知道从我上身摸到下身，从袄领捏到袜底，除了一只时表和一支自来水笔之外，一个铜板都没有搜出。他们于是激怒起来了，猜疑我是把钱藏在哪里，不肯拿出来。他们之中有一个，左手拿着一个木柄榴弹，右手拉出榴弹中的引线，双脚拉开一步，作出要抛掷的姿势，用凶恶的眼光盯住我，威吓地吼道：

“赶快将钱拿出来，不然就是一炸弹，把你炸死去！”

“哼！你不要作出那难看的样子来吧！我确实一个铜板都没有存；想从我这里发洋财，是想错了。”我微笑淡淡地说。

“你骗谁！象你当大官的人会没有钱！”拿榴弹的兵士坚不相信。

“决不会没有钱的，一定是藏在哪里，我是老出门的，骗不得我。”

另一个兵士一面说，一面弓着背重来一次将我的衣角裤裆过细地捏，总企望着有新的发现。

“你们要相信我的话，不要瞎忙吧！我不比你们国民党当官，个个都有钱，我今天确实是一个铜板也没有，我们革命不是为着发财啦！”我再向他们解释。

等他们确知在我身上搜不出什么的时候，也就停手不搜了；又在我藏躲地方的周围，低头注目搜寻了一番，也毫无所得，他们是多么的失望呵！那个持弹欲放的兵士，也将拉着的引线，仍旧塞进榴弹的木柄里，转过来来抢夺我的表和水笔。后彼此说定表和笔卖出钱来平分，才算无话。他们用怀疑而又惊异的目光，对我自上而下的望了几遍，就同声命令地说：“走吧！”

是不是还要问问我家里有没有一些财产？请等一下，让我想一想，啊，记起来了，有的有的，但不算多。去年暑天我穿的几套旧的汗褂裤，与几双缝上底的线袜，已交给我的妻放在深山坞里保藏着——怕国军进攻时，被人抢了去，准备今年暑天拿出来再穿；那些就算是我唯一的财产了。但我说出那几件“传世宝”来，岂不要叫那些富翁们齿冷三天？！

清贫，洁白朴素的生活，正是我们革命者能够战胜许多困难的地方！

鲁彦（1901—1944），浙江镇海人。现代作家，曾在中学任教和编辑报纸副刊。著有长篇小说《愤怒的乡村》，散文集《随踪琐记》等。

父亲的玳瑁

◇鲁　彦

我希望能再见到和父亲的灵魂永久同在着的玳瑁。

在墙脚根刷然溜过的那黑猫的影，又触动了我对于父亲的玳瑁的怀念。

净洁的白毛的中间，夹杂些淡黄的云霞似的柔毛，恰如透明的妇人的玳瑁首饰的那种猫儿，是被称为“玳瑁猫”的。我们家里的猫儿正是那一类，父亲就给了它“玳瑁”这个名字。

在近来的这一匹玳瑁之前，我们还曾有过另外的一匹。它有着同样的颜色，得到了同样的名字，同是从我姊姊家里带来，一样地为我们所爱。

但那是我不幸的妹妹的玳瑁，它曾经和她盘桓了十二年的岁月。

而现在的这一匹，是属于父亲的。

它什么时候来到我们家里，我不很清楚，据说大约已有三年光景了。父亲给我的信，从来不曾提过它。在他的理智中，仿佛以为玳瑁毕竟是一匹小小的兽，比不上任何的家事，足以通知我似的。

但当我去年回到家里的时候，我看到了父亲和玳瑁的感情了。

每当厨房的碗筷一搬动，父亲在后房餐桌边坐下的时候，玳瑁便在门外“咪咪”地叫了起来。这叫声是只有两三声，从不多叫的。它仿佛在问父亲，可不可以进来似的。

于是父亲就说了，完全像对什么人说话一样：

“玳瑁，这里来！”

我初到的几天，家里突然增多了四个人，在玳瑁似乎感觉到热闹与生疏的恐惧，常不肯即刻进来。

“来吧，玳瑁！父亲望着门外，不见它进来，又说了。”

但是玳瑁只回答了两声“咪咪”，仍在门外徘徊着。

“小孩一样，看见生疏的人，就怕进来了。”父亲笑着对我们说。

但是过了一会，玳瑁在大家的不注意中，已经跃上了父亲的膝上。

“哪，在这里了。”父亲说。

我们弯过头去看，它伏在父亲的膝上，睁着略带惧怯的眼望着我们，仿佛预备逃遁似的。

父亲立刻理会它的感觉，用手抚摩着它的颈背，说：“困吧，玳瑁。”一面他又转过来对我们说：“不要多看它，它像姑娘一样的呢。”

我们吃着饭，玳瑁从不跳到桌上来，只是静静地伏在父亲的膝上。有时鱼腥的气息引诱了它，它便偶尔伸出半个头来望了一望，又立刻缩了回去。它的脚不肯触着桌。这是它的规矩，父亲告诉我们说，向来是这样的。

父亲吃完饭，站起来的时候，玳瑁便先走出门外去。它知道父亲要到厨房里去给它预备饭了。那是真的。父亲从来不曾忘记过，他自己一吃完饭，便去添饭给玳瑁的。玳瑁的饭每次都有鱼或鱼汤拌着。父亲自己这几年来对于鱼的滋味据说有点厌，但即使自己不吃，他总是每次上街去，给玳瑁带了一些鱼来，而且给它储存着的。

白天，玳瑁常在储藏东西的楼上，不常到楼下的房子里来。但每当父亲有什么事情将要出去的时候，玳瑁像是在楼上看着的样子，便溜到父亲的身边，绕着父亲的脚转了几下，一直跟父亲到门边。父亲回来的时候，它又像是在什么地方远远望着，静静地倾听着的样子，待父亲一跨进门限，它又在父亲的脚边了。它并不时时刻刻跟着父亲，但父亲的一举一动，父亲的进出，它似乎时刻在那里留心着。

晚上，玳瑁睡在父亲的脚后的被上，陪伴着父亲。

我们回家后，父亲换了一个寝室。他现在睡到弄堂门外一间从来没有人去的房子里了。

玳瑁有两夜没有找到父亲，只在原地方走着，叫着。它第一夜跳到父亲的床上，发现睡着的是我们，便立刻跳了出去。

正是很冷的天气。父亲记念着玳瑁夜里受冷，说它恐怕不会想到他会搬到那样冷落的地方去的。而且晚上弄堂门又关得很早。

但是第三天的夜里，父亲一觉醒来，玳瑁已在床上睡着了，静静地，“咕咕”念着猫经。

半个月后，玳瑁对我也渐渐熟了。它不复躲避我。当它在父亲身边的时候，我伸出手去，轻轻抚摩着它的颈背，它伏着不动。然而它从不自己走近我。我叫它，它仍不来。就是母亲，她是永久和父亲在一起的，它也不肯走近她。父亲呢，只要叫一声“玳瑁”，甚至咳嗽一声，它便不晓得从什么地方溜出来了，而且绕着父亲的脚。

有两次玳瑁到邻居去游走，忘记了吃饭。我们大家叫着“玳瑁玳瑁”，东西寻找着，不见它回来。父亲却猜到它哪里去了。他拿着玳瑁的饭碗走出门外，用筷子敲着，只喊了两声“玳瑁”，玳瑁便从很远的邻屋上走来了。

“你的声音像格外不同似的，”母亲对父亲说，“只消叫两声，又不大，它便老远地听见了。”

“是呐，它只听我管的哩。”

对于寂寞地度着残年的老人，玳瑁所给予的是儿子和孙子的安慰，我觉得。

六月四日的早晨，我带着战栗的心重到家里，父亲只躺在床上远远地望了我一下，便疲倦地合上了眼皮。我悲苦地牵着他的手在我的面上抚摩。他的手已经有点生硬，不复像往日柔和地抚摩玳瑁的颈背那么自然。据说在头一天的下午，玳瑁曾经跳上他的身边，悲鸣着，父亲还很自然地抚摩着它，亲密地叫着“玳瑁”。而我呢，已经迟了。

从这一天起，玳瑁便不再走进父亲的，以及和父亲相连的我们的房了。我们有好几天没有看见玳瑁的影子。我代替了父亲的工作，给玳瑁在厨房里备好鱼拌的饭，敲着碗，叫着"玳瑁"。玳瑁没有回答，也不出来。母亲说，这几天家里人多，闹得很，它该是躲在楼上怕出来的。于是我把饭碗一直送到楼上。然而玳瑁仍没有影子。过了一天，碗里的饭照样地摆在楼上，只饭粒干瘪了一些。

玳瑁正怀着孕，需要好的滋养。一想到这，大家更焦虑了。

第五天早晨，母亲才发现给玳瑁在厨房预备着的另一只饭碗里的饭略略少了一些。大约它在没有人的夜里走进了厨房。它应该是非常饥饿了。然而仍像吃不下的样子。

一星期后，家里的戚友渐渐少了。玳瑁仍不大肯露面。无论谁叫它，都不答应，偶然在楼梯上溜过的后影，显得憔悴而且瘦削，连那怀着孕的肚子也好像小了一些似的。

一天一天家里愈加冷静了。满屋里主宰着静默的悲哀。一到晚上，人还没有睡，老鼠便吱吱叫着活动起来，甚至我们房间的楼上也在叫着跑着。玳瑁是最会捕鼠的。当去年我们回家的时候，即使它跟着父亲睡在远一点的地方，我们的房间里从没有听见过老鼠的声音，但现在玳瑁就睡在隔壁的楼上，也不过问了。我们毫不埋怨它。我们知道它所以这样的原因。

可怜的玳瑁。它不能再听到那熟识的亲密的声音，不能再得到那慈爱的抚摩，它是在怎样的悲伤呵！

三星期后，我们全家要离开故乡。大家预先就在商量，怎样把玳瑁带出来。但是离开预定的日子前一星期，玳瑁生了小孩了。我们看见它的肚子松瘪着。

怎样可以把它带出来呢？

然而为了玳瑁，我们还是不能不带它出来。我们家里的门将要全锁上。邻居们不会像我们似地爱它，而且大家全吃着素菜，不会舍得买鱼饲它。单看玳瑁的脾气，连对于母亲也是冷淡淡的，决不会喜欢别的邻居。

我们还是决定带它一道来上海。

它生了几个小孩，什么样子，放在哪里，我们虽然极想知道，却不敢去惊动玳瑁。我们预定在饲玳瑁的时候，先捉到它，然后再寻觅它的小孩。因为这几天来，玳瑁在吃饭的时候，已经不大避人，捉到它应该是容易的。

但是两天后，我们十几岁的外甥遏抑不住他的热情了。不知怎样，玳瑁的孩子们所在的地方先被他很容易地发现了。它们原来就在楼梯门口，一只半掩着的糠箱里。玳瑁和它的小孩们就住在这里，是谁也想不到的。外甥很喜欢，叫大家去看。玳瑁已经溜得远远地在惧怯地望着。

我们想，既然玳瑁已经知道我们发觉了它的小孩的住所，不如便先把它的小孩看守起来，因为这样，也可以引诱玳瑁的来到，否则它会把小孩衔到更没有人晓得的地方去的。

于是我们便做了一个更安适的窠，给它的小孩们，携进了以前父亲的寝室，而且就在父亲的床边。

那里是四个小孩，白的、黑的、黄的、玳瑁的，都还没有睁开眼睛。贴着压着，钻做一团，肥圆的。捉到它们的时候，偶然发出微弱的老鼠似的吱吱的鸣声。

“生了几只呀？”母亲问着。

“四只。”

“嗨，四只！怪不得！扛了你父亲的棺材，不要再扛我的呢！”母亲叹息着，不快活地说。

大家听着这话，愣住了。

“把它们丢出去！”外甥叫着说，但他同时却又喜悦地抚摩着玳瑁的小孩们，舍不得走开。

玳瑁现在在楼上寻觅了，它大声地叫着。

“玳瑁，这里来，在这里，”我们学着父亲仿佛对人说话似地叫着玳瑁说。

但是玳瑁像只懂得父亲的话，不能了解我们说什么。它在楼上寻觅着，在弄堂里寻觅着，在厨房里寻觅着，可不走进以前父亲天天夜里带着它睡觉的房子。我们有时故意作弄它的小孩们，使它们发出微弱的鸣声。玳瑁仍像没有听见似的。

过了一会，玳瑁给我们女工捉住了。它似乎饿了，走到厨房去吃饭，却不妨给她一手捉住了颈背的皮。

“快来！快来！捉住了！”她大声叫着。

我扯了早已预备好的绳圈，跑出去。

玳瑁大声地叫着，用力地挣扎着。待至我伸出手去，还没抱住玳瑁，女工的手一松，玳瑁溜走了。

它再不到厨房里去，只在楼上叫着，寻觅着。

几点钟后，我们只得把玳瑁的小孩们送回楼上。它们显然也和玳瑁似地在忍受着饥饿和痛苦。

玳瑁又静默了，不到十分钟，我们已看不见它的小孩们的影子。现在可不必再费气力，谁也不会知道它们的所在。

有一天一夜，玳瑁没有动过厨房里的饭。以后几天，它也只在夜里，待大家睡了以后到厨房里去。

我们还想设法带玳瑁出来，但是母亲说：

“随它去吧，这样有灵性的猫，哪里会不晓得我们要离开这里。要出去自然不会躲开的。你们看它，父亲过世以后，再也不忍走进那两间房里，并且几天没有吃饭，明明在非常地伤心。现在怕是还想在这里陪伴你们父亲的灵魂呢。它原是你父亲的。”

我们只好随玳瑁自己了。它显然比我们还舍不得父亲，舍不得父亲所住过的房子、走过的路，以及手所抚摸过的一切。父亲的声音、父亲的形象、父亲的气息，应该都还很深刻地萦绕在它的脑中。

可怜的玳瑁，它比我们还爱父亲！

然而玳瑁也太凄惨了。以后还有谁再像父亲似地按时给它好的食物，而且慈爱地抚摩着它，像对人说话似地一声声地叫它呢？

离家的那天早晨，母亲曾给它留下了许多给孩子吃的稀饭在厨房里。门虽然锁着，玳瑁应该仍然晓得走进去。邻居们也曾答应代我们给它饲料。然而又怎能和父亲在的时候相比呢？

现在距我们离家的时候又已一月多了。玳瑁应该很健康着，它的小孩们也该是很活泼可爱了吧？

我希望能再见到和父亲的灵魂永久同在着的玳瑁。

梦想是现实的升华

梦想是天边的星辰，
照亮人生之路；
现实是脚下的土地，
记录行走的足迹。
人生一世，
便是一段为了圆梦而不断行走的旅程。

蔡元培（1868—1940），浙江绍兴人，教育家。著有《蔡元培选集》。

我在北京大学的经历

◇蔡元培

我那时候有一个理想，以为文、理两科，是农、工、医、药、法、商等应用科学的基础，而这些应用科学的研究时期，仍然要归到文理两科来。

北京大学的名称，是从民国元年起的；民元以前，名为京师大学堂，包括师范馆、仕学馆等，而译学馆亦为其一部。我在民元前六年，曾任译学馆教员，讲授国文及西洋史，是为我在北大服务之第一次。

民国元年，我长教育部，对于大学有特别注意的几点：一、大学设法、商等科的，必设文科；设医农工等科的，必设理科。二、大学应设大学院（即今研究院），为教授、留学的毕业生与高级学生研究的机关。三、暂定国立大学五所，于北京大学外，再筹办大学各一所于南京、汉口、四川、广州等处（尔时想不到后来各省均有办大学的能力）。四、因各省的高等学堂，本仿日本制，为大学预备科，但程度不齐，于入大学时发生困难。乃废止高等学堂，于大学中设预科（此点后来为胡适先生等所非难，因各省既不设高等学堂，就没有一个荟萃较高学者的机关，文化不免落后；但自各省竞设大学后，就不必顾虑了）。

是年，政府任严幼陵君为北京大学校长。两年后，严君辞职，改任马相伯君。不久，马君又辞，改任何锡侯君；不久又辞，乃以工科学长胡次珊君代理。民国五年冬，我在法国，接教育部电，促回国任北大校长。我回来，初到上海，友人中劝不必就职的颇多，说北大太腐败，进去了，若不能整顿，反于自己的声名有碍。这当然是出于爱我的意思。但也有少数的人说，既然知道他腐败，更应进去整顿，就是失败，也算尽了心。这也是爱人以德的说法。我到底服从后说，进北京。

我到京后，先访医专校长汤尔和君，问北大情形。他说："文科预科的情形，可问沈尹默君；理工科的情形，可问夏浮筠君。"汤君又说："文科学长如未定，可请陈仲甫君；陈君现改名独秀，主编《新青年》杂志，确可为青年的指导者。"因取《新青年》十余本示我。我对于陈君，本来有一种不忘的印象，就是我与刘申叔君同在《警钟日报》服务时，刘君语我："有一种在芜湖发行之白话报，发起的若干人，都因困苦及危险而散去了，陈仲甫一个人又支持了好几个月。"现在听汤君的话，又翻阅了《新青年》，决意聘他。从汤君处探知陈君寓在前门外一旅馆，我即往访，与之订定。于是陈君来北大任文科学长，而夏君原任理科学长，沈君亦原任教授，一仍旧贯。乃相与商定整顿北大的办法，次第执行。

我们第一要改革的，是学生的观念。我在译学馆的时候，就知道北京学生的习惯。他们平日对于学问上并没有什么兴会，只要年限满后，可以得到一张毕业文凭。教员是自己不用功的，把第一次的讲义，照样印出来，按期分散给学生，在讲坛上读一遍。学生觉得没有趣味，或瞌睡，或看看杂书；下课时，把讲义带回去，堆在书架上。等到学期、学年或毕业的考试，教员认真的，学生就拼命地连夜阅读讲义，只要把考试对付过去，就永远不再去翻一翻了。要是教员通融一点，学生就先期要求教员告知他要出的题目，至少要求表示一个出题目的范围；教员为避免学生的怀恨与顾全自身的体面起见，往往把题目或范围告知他们了。于是他们不用功的习惯，得了一种保障了。尤其北京大学的学生，是从京师大学堂“老爷”式学生嬗继下来（初办时所收学生，都是京官，所以学生都被称为老爷，而监督及教员都被称为“中堂”或“大人”）。他们的目的，不但在毕业，而尤注重在毕业以后的出路。所以专门研究学术的教员，他们不见得欢迎；要是点名时认真一点，考试时严格一点，他们就借个话头反对他，虽罢课也在所不惜。若是一位在政府有地位的人来兼课，虽时时请假，他们还是欢迎得很；因为毕业后可以有阔老师做靠山。这种科举时代遗留下来的劣根性，是于求学上很有妨碍的。所以我到校后第一次演说，就说明“大学学生，当以研究学术为天职，不当以大学为升官发财之阶梯”。然而要打破这些习惯，只有从聘请积学而热心的教员着手。

那时候因《新青年》上文学革命的鼓吹，而我得认识留美的胡适之君。他回国后，即请到北大任教授。胡君真是“旧学邃密”而且“新知深沈”的一个人，所以，一方面与沈尹默兼士兄弟、钱玄同、马幼渔、刘半农诸君以新方法整理国故，一方面整理英文系。因胡君之介绍而请到的好教员，颇不少。

我素信学术上的派别，是相对的，不是绝对。所以每一种学科的教员，即使主张不同，若都是“言之成理、持之有故”的，就让他们并存，令学生有自由选择的余地。最明白的，是胡适之君与钱玄同君等绝对的提倡白话文学，而刘申叔、黄季刚诸君仍极端维护文言的文学；那时候就让他们并存。我信为应用起见，白话文必要盛行，我也常常作白话文，也替白话文鼓吹。然而我也声明：作美术文，用白话也好，用文言也好。例如我们写字，为应用起见，自然要写行楷，若如江良庭君的用篆隶写药方，当然不可；若是为人写斗方或屏联，作装饰品，即写篆隶章草，有何不可？

那时候各科都有几个外国教员，都是托中国驻外使馆或外国驻华使馆介绍的，学问未必都好，而来校既久，看了中国教员的阑珊，也跟了阑珊起来。我们斟酌了一番，辞退几人，都按着合同上的条件办的。有一法国教员要控告我，有一英国教习竟要求英国驻华公使朱尔典来同我谈判，我不答应。朱尔典出去后，说：“蔡元培是不要再做校长的了。”我也一笑置之。

我从前在教育部时，为了各省高等学堂程度不齐，故改为各大学直接的预科。不意北大的预科，因历年校长的放任与预科学长的误会，竟演成独立的状态。那时候预科中受了教会学校的影响，完全偏重英语及体育两方面；其他科学比较的落后，毕业后若直升本科，发生困难。预科中竟自设了一个预科大学的名义，信笺上亦写此等字样。于是不能不加以改革，使预科直接受本科学长的管理，不再设预科学长。预科中主要的教课，均由本科教员兼任。

我没有本校与他校的界线，常常为通盘打算，求其合理化。是时北大设文、理、工、法、商五科，而北洋大学亦有工、法两科；北京又有一工业专门学校，都是国立的。我以为无此重复的必要，主张以北大的工科并入北洋，而北洋之法科，刻期停办。得北洋大学校长同意及教育部核准，把土木工与矿冶工并到北洋去了。把工科省下来的经费，用在理科上。我本来想把法科与法专并成一科，专授法律，但是没有成功。我觉得那时候的商科，毫无设备，仅有一种普通商业学教课，于是并入法科，使已有的学生毕业后停止。

我那时候有一个理想，以为文、理两科，是农、工、医、药、法、商等应用科学的基础，而这些应用科学的研究时期，仍然要归到文理两科来。所以文理两科，必须设各种的研究所；而此两科的教员与毕业生必有若干人是终身在研究所工作，兼任教员，而不愿往别种机关去的。所以完全的大学，当然各科并设，有互相关联的便利。若无此能力，则不妨有一大学专办文理两科，名为本科，而其他应用各科，可办专科的高等学校，如德、法等国的成例，以表示学与术的区别。因为北大的校舍与经费，决没有兼办各种应用科学的可能，所以想把法律分出去，而编为本科大学，然没有达到目的。

那时候我又有一个理想，以为文理是不能分科的。例如，文科的哲学，必植基于自然科学；而理科学者最后的假定，亦往往牵涉哲学。从前心理学附入哲学，而现在用实验法，应列入理科；教育学与美学，也渐用实验法，有同一趋势。地理学的人文方面，应属文科，而地质地文等方面属理科。历史学自有史以来，属文科，而推原于地质学的冰期与宇宙生成论，则属于理科。所以把北大的三科界限撤去而列为十四系，废学长，设系主任。

我素来不赞成董仲舒罢黜百家独尊孔氏的主张。清代教育宗旨有“尊孔”一款，已于民元在教育部宣布教育方针时说它不合用了。到北大后，凡是主张文学革命的人，没有不同时主张思想自由的，因而为外间守旧者所反对。适有赵体孟君以编印明遗老刘应秋先生遗集，贻我一函，属约梁任公、章太炎、林琴南诸君品题。我为分别发函后，林君复函，列举彼对于北大怀疑诸点；我复一函，与他辩。这两函颇可窥见那时候两种不同的见解。……这两函虽仅为文化一方面之攻击与辩护，然北大已成为众矢之的，是无可疑了。越四十余日，而有五四运动。我对于学生运动，素有一种成见，以为学生在学校里面，应以求学为最大目的，不应有何等政治的组织。其有年在二十岁以上，对于政治有特殊兴趣者，可以个人资格参加政治团体，不必牵涉学校。所以民国七年夏间，北京各校学生，曾为外交问题，结队游行，向总统府请愿。当北大学生出发时，我曾力阻他们。他们一定要参与，我因此引咎辞职，经慰留而罢。到八年五月四日，学生又有不签字于巴黎和约与罢免亲日派曹、陆、章的主张，仍以结队游行为表示，我也就不去阻止他们了。他们因愤激的缘故，遂有焚曹汝霖住宅及攒殴章宗祥的事。学生被警厅逮捕者数十人，各校皆有，而北大学生居多数。我与各专门学校的校长向警厅力保，始释放。但被拘的虽已保释，而学生尚抱再接再厉的决心，政府亦且持不做不休的态度。都中宣传政府将明令免我职而以马其昶君任北大校长，我恐若因此增加学生对于政府的纠纷，我个人且将有运动学生保持地位的嫌疑，不可以不速去。乃一面呈政府引咎辞职，一面秘密出京，时为五月九日。

那时候学生仍每日分队出去演讲，政府逐队逮捕，因人数太多，就把学生都监禁在北大第三院。北京学生受了这样大的压迫，于是引起全国学生的罢课，而且引起各大都会工商界的同情与公愤，将以罢工罢市为同样之要求。政府知势不可侮，乃释放被逮诸生，决定不签和约，罢免曹、陆、章，于是五四运动之目的完全达到了。

五四运动之目的既达，北京各校的秩序均恢复。独北大因校长辞职问题，又起了多少纠纷。政府曾一度任命胡次珊君继任，而为学生所反对，不能到校；各方面都要我复职。我离校时本预定决不回去，不但为校务的困难，实因校务以外，常常有许多不相干的缠绕，度一种劳而无功的生活，所以启事上有“杀君马者道旁儿；民亦劳止，汔可小休；我欲小休矣”等语。但是隔了几个月，校中的纠纷，仍在非我回校不能解决的状态中。我不得已，乃允回校。回校以前，先发表一文，告北京大学学生及全国学生联合会，告以学生救国，重在专研学术，不可常为救国运动而牺牲（全文见《蔡子民先生言行录》下册三三七至三四一页）。到校后，在全体学生欢迎会演说，说明德国大学学长、校长均每年一换，由教授会公举；校长且由神学、医学、法学、哲学四科之教授轮值，从未生过纠纷，完全是教授治校的成绩。北大此后亦当组成健全的教授会，使学校决不因校长一人的去留而起恐慌。

那时候蒋梦麟君已允来北大共事，请他通盘计划，设立教务、总务两处，及聘任财务等委员会，均以教授为委员。请蒋君任总务长，而顾孟余君任教务长。

北大关于文学、哲学等学系，本来有若干基本教员；自从胡适之君到校后，声应气求，又引进了多数的同志，所以兴会较高一点。预定的自然科学、社会科学、文学、国学四种研究所，止有国学研究所先办起来了。在自然科学与社会科学方面，比较地困难一点。自民国九年起，自然科学诸系，请到了丁巽甫、颜任光、李润章诸君主持物理系；李仲揆君主持地质系；在化学系本有王抚五、陈聘丞、丁庶为诸君，而这时候又增聘程寰西、石蘅青诸君；在生物学系本已有钟宪鬯君在东南、西南各省搜罗动植物标本，有李石曾君讲授学理，而这时候又增聘谭仲逵君。于是整理各系的实验室与图书室，使学生在教员指导之下，切实用功；改造第二院礼堂与庭园，使合于讲演之用。在社会科学方面，请到王雪艇、周鲠生、皮皓白诸君；一面诚意指导提起学生好学的精神，一面广购图书杂志，给学生以自由考索的工具。丁巽甫君以物理学教授兼预科主任，提高预科程度。于是北大始达到各系平均发表的境界。

我是素来主张男女平等的。九年，有女学生要求进校，以考期已过，姑录为旁听生。及暑假招考，就正式招收女生。有人问我："兼收女生是新法，为什么不先请教育部核准？"我说："教育部的大学令，并没有专收男生的规定；从前女生不来要求，所以没有女生；现在女生来要求，而程度又够得上，大学就没有拒绝的理。"这是男女同校的开始，后来各大学都兼收女生了。

我是佩服章实斋先生的。那时候国史馆附设在北大，我订了一个计划，分征集、纂辑两股；纂辑股又分通史、民国史两类；均从长编入手，并编历史辞典。聘屠敬山、张蔚西、薛阆仙、童亦韩、徐贻孙诸君分任征集编纂等务。后来政府忽又有国史馆独立一案，别行组织。于是张君所编的民国史，薛、童、徐诸君所编的辞典，均因篇帙无多，视同废纸；止有屠君在馆中仍编他的蒙兀儿史，躬自保存，没有散失。

我本来很注意于美育的。北大有美学及美术史教课，除中国美术史由叶浩吾君讲授外，没有人肯讲美学。十年，我讲了十余次，因足疾进医院停止。至于美育的设备，曾设书法研究会，请沈尹默、马叔平诸君主持。设画法研究会，请贺履之、汤定之诸君教授国画；比国楷次君教授油画。设音乐研究会，请萧友梅君主持。均听学生自由选习。

我在“爱国学社”时，曾断发而习兵操。对于北大学生之愿受军事训练的，常特别助成。曾集这些学生，编成学生军，聘白雄远君任教练之责，亦请蒋百里、黄膺白诸君到场演讲。白君勤恳而有恒，历十年如一日，实为难得的军人。

我在九年的冬季，曾往欧美考察高等教育状况，历一年回来。这期间的校长任务，是由总务长蒋君代理的。回国以后，看北京政府的情形，日坏一日；我处在与政府常有接触的地位，日想脱离。十一年冬，财政总长罗钧任君忽以金佛朗问题被逮，释放后，又因教育总长彭允彝君提议，重复收禁。我对于彭君此举，在公议上，认为是蹂躏人权献媚军阀的勾当；在私情上，罗君是我在北大的同事，而且于考察教育时为最密切的同伴，他的操守，为我所深信。我不免大抱不平，与汤尔和、邵飘萍、蒋梦麟诸君会商，均认有表示的必要。我于是一面递辞呈，一面离京。隔了几个月，贿选总统的布置，渐渐地实现；而要求我回校的代表，还是不绝。我遂于十二年七月间重往欧洲，表示决心；至十五年，始回国。那时候，京津间适有战争，不能回校一看。十六年，国民政府成立，我在大学院，试行大学区制，以北大划入北平大学区范围，于是我的北京大学校长的名义，始得取销。

综计我居北京大学校长的名义，十年有半；而实际在校办事，不过五年有半。一经回忆，不胜惭悚。

梁启超（1873—1929），字卓如，号任公、饮冰子，广东新会人。晚清政治家、文学家。著有《饮冰室合集》。

学问之趣味

◇梁启超

凡趣味总要自己领略，自己未曾领略得到时，旁人没有法子告诉你。

我是个主张趣味主义的人：倘若用化学化分“梁启超”这件东西，把里头所含一种原素名叫“趣味”的抽出来，只怕所剩下仅有个0了。我以为：凡人必常常生活于趣味之中，生活才有价值。若哭丧着脸捱过几十年，那么，生命便成沙漠，要来何用？中国人见面最喜欢用的一句话：“近来作何消遣？”这句话我听着便讨厌。话里的意思，好像生活得不耐烦了，几十年日子没有法子过，勉强找些事情来消他遣他。一个人若生活于这种状态之下，我劝他不如早日投海！我觉得天下万事万物都有趣味，我只嫌二十四点钟不能扩充到四十八点，不彀我享用。我一年到头不肯歇息，问我忙什么？忙的是我的趣味。我以为这便是人生最合理的生活，我常常想运动别人也学我这样生活。

凡属趣味，我一概都承认他是好的，但怎么样才算"趣味"，不能不下一个注脚。我说："凡一件事做下去不会生出和趣味相反的结果的，这件事便可以为趣味的主体。"赌钱趣味吗？输了怎么样？吃酒趣味吗？病了怎么样？做官趣味吗？没有官做的时候怎么样？……诸如此类，虽然在短时间内象有趣味，结果会闹到俗语说的"没趣一齐来"，所以我们不能承认他是趣味。凡趣味的性质，总要以趣味始以趣味终。所以能为趣味之主体者，莫如下列的几项：一，劳作；二，游戏；三，艺术；四，学问。诸君听我这段话，切勿误会以为：我用道德观念来选择趣味。我不问德不德，只问趣不趣。我并不是因为赌钱不道德才排斥赌钱，因为赌钱的本质会闹到没趣，闹到没趣便破坏了我的趣味主义，所以排斥赌钱；我并不是因为学问是道德才提倡学问，因为学问的本质能彀以趣味始以趣味终，最合于我的趣味主义条件，所以提倡学问。

学问的趣味，是怎么一回事呢？这句话我不能回答。凡趣味总要自己领略，自己未曾领略得到时，旁人没有法子告诉你。佛典说的："如人饮水，冷暖自知。"你问我这水怎样的冷，我便把所有形容词说尽，也形容不出给你听，除非你亲自嗑一口。我这题目——学问之趣味，并不是要说学问如何如何的有趣味，只要如何如何便会尝得着学问的趣味。

诸君要尝学问的趣味吗？据我所经历过的有下列几条路应走：

第一，"无所为"（为读去声）：趣味主义最重要的条件是"无所为而为"。凡有所为而为的事，都是以别一件事为目的而以这件事为手段；为达目的起见勉强用手段，目的达到时，手段便抛却。例如学生为毕业证书而做学问，著作家为版权而做学问，这种做法，便是以学问为手段，便是有所为。有所为虽然有时也可以为引起趣味的一种方面，但到趣味真发生时，必定要和“所为者”脱离关系。你问我“为什么做学问”？我便答道：“不为什么”。再问，我便答道：“为学问而学问”；或者答道：“为我的趣味”。诸君切勿以为我这些话掉弄虚机；人类合理的生活本来如此。小孩子为什么游戏？为游戏而游戏；人为什么生活？为生活而生活。为游戏而游戏，游戏便有趣；为体操分数而游戏，游戏便无趣。

第二，不息：“鸦片烟怎样会上瘾？”“天天吃。”“上瘾”这两个字和“天天”这两个字是离不开的。凡人类的本能，只要那部分阁久了不用，他便会麻木会生锈。十年不跑路，两条腿一定会废了；每天跑一点钟，跑上几个月，一天不得跑时，腿便发痒。人类为理性的动物，“学问欲”原是固有本能之一种；只怕你出了学校便和学问告辞，把所有经管学问的器官一齐打落冷宫，把学问的胃弄坏了，便山珍海味摆在面前也不愿意动筷子。诸君啊！诸君倘若现在从事教育事业或将来想从事教育事业，自然没有问题，很多机会来培养你学问胃口。若是做别的职业呢？我劝你每日除本业正当劳作之外，最少总要腾出一点钟，研究你所嗜好的学问。一点钟那里不消耗了？千万别要错过，闹成“学问胃弱”的证候，白白自己剥夺了一种人类应享之特权啊！

第三，深入的研究：趣味总是慢慢的来，越引越多；象倒吃甘蔗，越往下才越得好处。假如你虽然每天定有一点钟做学问，但不过拿来消遣消遣，不带有研究精神，趣味便引不起来。或者今天研究这样明天研究那样，趣味还是引不起来。趣味总是藏在深处，你想得着，便要入去。这个门穿一穿，那个窗户张一张，再不会看见“宗庙之美，百官之富”，如何能有趣味？我方才说：“研究你所嗜好的学问”，嗜好两个字很要紧。一个人受过相当的教育之后，无论如何，总有一两门学问和自已脾胃相合，而已经懂得大概可以作加工研究之预备的。请你就选定一门作为终身正业（指从事学者生活的人说）或作为本业劳作以外的副业。（指从事其他职业的人说）不怕范围窄，越窄越便于聚精神；不怕问题难，越难越便于鼓勇气。你只要肯一层一层的往里面追，我保你一定被他引到”欲罢不能“的地步。

第四，找朋友：趣味比方电，越摩擦越出。前两段所说，是靠我本身和学问本身相摩擦；但仍恐怕我本身有时会停摆，发电力便弱了。所以常常要仰赖别人帮助。一个人总要有几位共事的朋友，同时还要有几位共学的朋友。共事的朋友，用来扶持我的职业；共学的朋友和共顽的朋友同一性质，都是用来摩擦我的趣味。这类朋友，能彀和我同嗜好一种学问的自然最好，我便和他研究。即或不然——他有他的嗜好，我有我的嗜好，只要彼此都有研究精神，我和他常常在一块或常常通信，便不知不觉把彼此趣味都摩擦出来了。得着一两位这种朋友，便算人生大幸福之一。我想只要你肯找，断不会找不出来。

我说的这四件事，虽然像是老生常谈，但恐怕大多数人都不曾会这样做。唉！世上人多么可怜啊！有这种不假外求不会蚀本不会出毛病的趣味世界，竟自没有几个人肯来享受！古书说的故事“野人献曝”；我是尝冬天晒太阳的滋味尝得舒服透了，不忍一人独享，特地恭恭敬敬的来告诉诸君。诸君或者会欣然采纳吧？但我还有一句话：太阳虽好，总要诸君亲自去晒，旁人却替你晒不来。

最苦与最乐

◇梁启超

人生最苦的事莫苦于身上背着一种未来的责任。

天下事从苦中得来的乐才是真乐。

人生什么最苦呢？贫吗？不是。失意吗？不是。老吗？死吗？都不是。我说人生最苦的事莫苦于身上背着一种未来的责任。人若能知足，虽贫不苦；若能安分（不多作分外希望），虽失意不苦；老、病、死乃人生难免的事，达观的人看得很平常，也不算什么苦。独是凡人生在世间一天，便有一天应该做的事，该做的事没有做完，便像是有几千斤重担子压在肩头，再苦是没有的了。为什么呢？因为受那良心责备不过，要逃躲也没处逃躲呀！

答应人办一件事没有办，欠了人的钱没有还，受了人的恩惠没有报答，得罪了人没有赔礼，这就连这个人的面也几乎不敢见他；纵然不见他的面，睡里梦里都像有他的影子来缠着我。为什么呢？因为觉得对不住他呀！因为自己对于他的责任还没有解除呀！不独对于一个人如此，就是对于家庭，对于社会，对于国家，乃至对于自己，都是如此。凡属我受过他好处的人，我对于他便有了责任。凡属我应该做的事，而且力量能够做得到的，我对于这件事便有了责任。凡属我自己打主意要做一件事，便是现在的自己和将来的自己立了一种契约，便是自己对于自己加一层责任。有了这责任，那良心便时时刻刻监督在后头。

这种苦痛却比不得普通的贫、病、老、死，可以达观排解得来。所以我说人生没有苦痛便罢，若有苦痛，当然没有比这个加重的了。

翻过来，什么事最快乐呢？自然责任完了，算是人生第一件乐事。古语说得好："如释重负。"俗语亦说："心上一块石头落了地。"人到这个时候，那种轻松愉快，真是不可以言语形容。责任越重大，负责的日子乃越长；到责任完了时，海阔天空，心安理得，那快乐还要加几倍哩！大抵天下事从苦中得来的乐才是真乐。人生须知道有负责任的苦处，才能知道有尽责任的乐处。这种苦乐循环，便是这有活力的人间一种趣味；却是不尽责任，受良心责备，这些苦都是自己找来的。

鲁迅（1881—1936），浙江绍兴人。现代思想家、文学家。著有短篇小说集《呐喊》《彷徨》，散文集《野草》等，有《鲁迅全集》印行。

雪

◇鲁　迅

孤独的雪，是死掉的雨，是雨的精魂。

暖国的雨，向来没有变过冰冷的坚硬的灿烂的雪花。博识的人们觉得他单调，他自己也以为不幸否耶？江南的雪，可是滋润美艳之至了；那是还在隐约着的青春的信息，是极壮健的处子的皮肤。雪野中有血红的宝珠山茶，白中隐青的单瓣梅花，深黄的磬口的腊梅花；雪下面还有冷绿的杂草。蝴蝶确乎没有；蜜蜂是否来采山茶花和梅花的蜜，我可记不真切了。但我的眼前仿佛看见冬花开在雪野中，有许多蜜蜂们忙碌地飞着，也听得他们嗡嗡地闹着。

孩子们呵着冻得通红，像紫芽姜一般的小手，七八个一齐来塑雪罗汉。因为不成功，谁的父亲也来帮忙了。罗汉就塑得比孩子们高得多，虽然不过是上小下大的一堆，终于分不清是壶卢还是罗汉；然而很洁白，很明艳，以自身的滋润相粘结，整个地闪闪地生光。孩子们用龙眼核给他做眼珠，又从谁的母亲的脂粉奁中偷得胭脂来涂在嘴唇上。这回确是一个大阿罗汉了。他也就目光灼灼地嘴唇通红地坐在雪地里。

第二天还有几个孩子来访问他；对了他拍手，点头，嘻笑。但他终于独自坐着了。晴天又来消释他的皮肤，寒夜又使他结一层冰，化作不透明的水晶模样，连续的晴天又使他成为不知道算什么，而嘴上的胭脂也褪尽了。

但是，朔方的雪花在纷飞之后，却永远如粉，如沙，他们决不粘连，撒在屋上，地上，枯草上，就是这样。屋上的雪是早已就有消化了的，因为屋里居人的火的温热。别的，在晴天之下，旋风忽来，便蓬勃地奋飞，在日光中灿灿地生光，如包藏火焰的大雾，旋转而且升腾，弥漫太空，使太空旋转而且升腾地闪烁。

在无边的旷野上，在凛冽的天宇下，闪闪地旋转升腾着的是雨的精魂……

是的，那是孤独的雪，是死掉的雨，是雨的精魂。

秋　夜

◇鲁　迅

猩红的栀子开花时，枣树又要做小粉红花的梦，青葱地弯成弧形了……

在我的后园，可以看见墙外有两株树，一株是枣树，还有一株也是枣树。

这上面的夜的天空，奇怪而高，我生平没有见过这样的奇怪而高的天空。他仿佛要离开人间而去，使人们仰面不再看见。然而现在却非常之蓝，闪闪地䀹着几十个星星的眼，冷眼。他的口角上现出微笑，似乎自以为大有深意，而将繁霜洒在我的园里的野花草上。

我不知道那些花草真叫什么名字，人们叫他们什么名字。我记得有一种开过极细小的粉红花，现在还开着，但是更极细小了，她在冷的夜气中，瑟缩地做梦，梦见春的到来，梦见秋的到来，梦见瘦的诗人将眼泪擦在她最末的花瓣上，告诉她秋虽然来，冬虽然来，而此后接着还是春，蝴蝶乱飞，蜜蜂都唱起春词来了。她于是一笑，虽然颜色冻得红惨惨地，仍然瑟缩着。

枣树，他们简直落尽了叶子。先前，还有一两个孩子来打他们别人打剩的枣子，现在是一个也不剩了，连叶子也落尽了。他知道小粉红花的梦，秋后要有春；他也知道落叶的梦，春后还是秋。他简直落尽叶子，单剩干子，然而脱了当初满树是果实和叶子时候的弧形，欠伸得很舒服。但是，有几枝还低亚着，护定他从打枣的竿梢所得的皮伤，而最直最长的几枝，却已默默地铁似的直刺着奇怪而高的天空，使天空闪闪地鬼眼；直刺着天空中圆满的月亮，使月亮窘得发白。

鬼眼的天空越加非常之蓝，不安了，仿佛想离去人间，避开枣树，只将月亮剩下。然而月亮也暗暗地躲到东边去了。而一无所有的干子，却仍然默默地铁似的直刺着奇怪而高的天空，一意要制他的死命，不管他各式各样地着许多蛊惑的眼睛。

哇的一声，夜游的恶鸟飞过了。

我忽而听到夜半的笑声，吃吃地，似乎不愿意惊动睡着的人，然而四周的空气都应和着笑。夜半，没有别的人，我即刻听出这声音就在我嘴里，我也即刻被这笑声所驱逐，回进自己的房。灯火的带子也即刻被我旋高了。

后窗的玻璃上丁丁地响，还有许多小飞虫乱撞。不多久，几个进来了，许是从窗纸的破孔进来的。他们一进来，又在玻璃的灯罩上撞得丁丁地响。一个从上面撞进去了，他于是遇到火，而且我以为这火是真的。两三个却休息在灯的纸罩上喘气。那罩是昨晚新换的罩，雪白的纸，折出波浪纹的叠痕，一角还画出一枝猩红色的栀子。

猩红的栀子开花时，枣树又要做小粉红花的梦，青葱地弯成弧形了……我又听到夜半的笑声；我赶紧砍断我的心绪，看那老在白纸罩上的小青虫，头大尾小，向日葵子似的，只有半粒小麦那么大，遍身的颜色苍翠得可爱，可怜。

我打一个呵欠，点起一支纸烟，喷出烟来，对着灯默默地敬奠这些苍翠精致的英雄们。

许地山（1893—1941），福建龙溪人，作家、学者。著有散文集《空山灵雨》、小说集《缀网劳蛛》、学术论著《中国道教史》等。

荼　蘼

◇许地山

不用踌躇了，且去看看罢。

我常得着男子送给我的东西，总没有当它们做宝贝看。我的朋友师松却不如此，因为她从不曾受过男子的赠与。

自鸣钟敲过四下以后，山上礼拜寺的聚会就完了。男男女女像出圈的羊，争要下到山坡觅食一般。那边有一个男学生跟着我们走，他的正名字我忘记了，我只记得人家都叫他做“宗之”。他手里拿着一荼蘼，且行且嗅。荼蘼本不是香花，他嗅着，不过是一种无聊举动便了。

“松姑娘，这枝荼蘼送给你。”他在我后面嚷着，松姑娘回头看见他满脸堆着笑容递着那花，就速速伸手去接，她接着说：“很多谢，很多谢。”宗之只笑着点点头，随即从西边的山径转回家去。

“他给我这个，是什么意思？”

“你想他有什么意思，他就有什么意思。”我这样回答她。走不多远，我们也分途各自家去了。

她自下午到晚上不歇把弄那枝荼蘼。那花像有极大魔力，不让她撒手一样。她要放下时，每觉得花儿对她说：“为什么离夺我？我不是从宗之手里递给你，交你照管的吗？”

呀，宗之的眼、鼻、口、齿、手、足、动作，没有一件不在花心跳跃着，没有一件不在她眼前的花枝显现出来！她心里说，“你这美男子，为甚缘故送给我这花儿？”她又想那天经坛上的讲章，就自己回答说：“因为他顾念他使女的卑微，从今而后，万代要称我为有福。”

这是她爱荼蘼花，还是宗之爱她呢？我也说不清，只记得有一天我和宗之正坐在榕树根谈话的时候，他家的人跑来对他说：“松姑娘吃了一朵什么花，说是你给她的，现在病了。她家的人要找你去问话咧。”

他吓了一跳，也摸不着头脑，只说：“我哪时节给她东西吃？这真是……！”

我说：“你细想一想。”他怎么也想不起来。我才提醒他说：“你前个月在斜道上不是给了她一朵荼蘼吗？”

“对呀，可不是给了她一朵荼蘼！可是我哪里教她吃了呢？”

“为什么你单给她，不给别人？”我这样问他。

他很直截地说：“我并没什么意思，不过随手摘下，随手送给别人就是了。我平素送了许多东西给人，也没有什么事，怎么一朵小小的荼蘼就可使她着了魔？”

他还坐在那里沉吟，我便促他说：“你还愣在这里坐着么？不管她是误会，你是有意，你既然给了她，现在就得去看她一看才是。”

“我哪有什么意思？”

我说：“你且去看看罢，蚌蛤何尝立志要生珠子呢，也不过是外间的沙粒偶然渗入它的壳里，它就不得不用尽工夫分泌些黏液把那小沙裹起来罢了。你虽无心，可是你的花一到她手里，管保她不因花而爱起你来吗？你敢保她不把那花当作你所赐给爱的标识，就纳入她的怀中，用心里无限的情思把它围绕得非常严密吗？也许她本无心，但因你那美意的沙无意中掉在她爱的贝壳里，使她不得不如此。不用踌躇了，且去看看罢。”

宗之这才站起来，绉一绉他那副冷静的脸庞，跟着来人从林菁的深处走出去了。

愿

◇许地山

盐的功用，若只在调味，那就不配称为盐了。

南普陀寺里的大石，雨后稍微觉得干净，不过绿苔多长一些。天涯的淡霞好像给我们一个天晴的信。树林里的虹气，被阳光分成七色。树上，雄虫求雌的声，凄凉得使人不忍听下去。妻子坐在石上，见我来，就问："你从哪里来？我等你许久了。"

"我领着孩子们到海边捡贝壳咧。阿琼捡着一个破具，虽不完全，里面却像藏着珠子的样子。等他来到，我教他拿出来给你看一看。"

"在这树荫底下坐着，真舒服呀！我们天天到这里来，多么好呢！"

妻说："你哪里能够……？"

"为什么不能？"

"你应当作荫，不应当受荫。"

"你愿我作这样的荫么？"

"这样的荫算什么！我愿你作无边宝华盖，能普荫一切世间诸有情。愿你为如意净明珠，能普照一切世间诸有情。愿你为降魔金刚杵，能破坏一切世间诸障碍。愿你为多宝盂兰盆，能盛百味，滋养一切世间诸饥渴者。愿你有六手，十二手，百手，千万手，无量数那由他如意手，能成全一切世间等等美善事。”

我说：“极善，极妙！但我愿做调味的精盐，渗入等等食品中，把自己的形骸融散，且恢复当时在海里的面目，使一切有情得尝咸味，而不见盐体。”

妻子说：“只有调味，就能使一切有情都满足吗？”

我说：“盐的功用，若只在调味，那就不配称为盐了。”

花香雾气中的梦

◇许地山

凡你所梦都是好的。

在覆茅涂泥的山居里，那阻不住的花香和雾气从疏帘窜进来，直扑到一对梦人身上。妻子把丈夫摇醒，说：“快起罢，我们的被褥快湿透了。怪不得我总觉得冷，原来太阳被囚在浓雾监狱里不能出来。”

那梦中的男子，心里自有他的温暖，身外的冷与不冷他毫不介意。他没有睁开眼睛便说：“嗳呀，好香！许是你桌上的素馨露洒了罢？”

“哪里？你还在梦中哪。你且睁眼看帘外的光景。”

他果然揉了眼睛，拥着被坐起来，对妻子说：“怪不得我净梦见一群女子在微雨中游戏。若是你不叫醒我，我还要往下梦哪。”

妻子也拥着她的绒被坐起来说：“我也有梦。”

“快说给我听。”

“我梦见把你丢了。我自己一人在这山中遍处找寻你，怎么也找不着。我越过山后，只见一个美丽的女郎挽着一篮珠子向各树的花叶上头乱撒。我上前去向他问你的下落，她笑着问我：‘他是谁，找他干什么？’我当然回答，他是我的丈夫，——”

“原来你在梦中也记得他！”他笑着说这话，那双眼睛还显出很滑稽的样子。

妻子不喜欢了。她转过脸背着丈夫说：“你说什么话！你老是要挑剔人家的话语，我不往下说了。”她推开绒被，随即呼唤丫头预备脸水。

丈夫速把她揪住，央求说：“好人，我再不敢了。你往下说，以后若再饶舌，情愿挨罚。”

“谁希罕罚你？”妻子把这次的和平画押了。她往下说：“那女人对我说，你在山前柚花林里藏着。我那时又像把你忘了。……”

“哦，你又……不，我应许过不再说什么的，不然，我就要挨罚了。你到底找着我没有？”

“我没有向前走，只站在一边看她撒珠子。说来也很奇怪：那些珠子粘在各花叶上都变成五彩的零露，连我的身体也沾满了。我忍不住，就问那女郎。女郎说：‘东西还是一样，没有变化，因为你的心思前后不同，所以觉得变了。你认为珠子，是在我撒手之前，因为你想我这篮子决不能盛得露水。你认为露珠时，在我撒手之后，因为你想那些花叶不能留住珠子。我告诉你，你所认的不在东西，乃在使用东西的人和时间。你所爱的，不在体质，乃在体质所表的情。你怎样爱月呢？是爱那悬在空中已经老死的暗球么？你怎样爱雪呢？是爱他那种砭人肌骨的凛冽？’”

“她一说到雪，我打了一个寒噤，便醒起来了。”

丈夫说：“到底没有找着我。”

妻子一把抓住他的头发，笑说：“这不是找着了吗？……我说，这梦怎样？”

“凡你所梦都是好的。那女郎的话也是不错。我们最愉快的时候岂不是在接吻后，彼此的凝视吗？”他向妻子痴笑，妻子把绒被拿起来，盖在他头上，说：“恶鬼！这会可不让你有第二次的凝视了。”

我　想

◇许地山

呀，女人！你现在成为我“记忆的池”中的锦鱼了。

我想什么？

我心里本有一条达到极乐园地的路，从前曾被那女人走过的；现在那人不在了，这条路不但是荒芜，并且被野草，闲花，棘枝，绕藤占据得找不出来了！

我许久就想着这条路，不单是开给她走的，她不在，我岂不能独自来往？

但是野草、闲花这样美丽、香甜，我怎舍得把他们去掉呢？棘枝、绕藤又那样横逆、蔓延，我手里又没有器械，怎敢惹他们呢？我想独自在那路上徘徊，总没有实行的日子。

日子一久，我连那条路的方向也忘了。我只能日日跑到路口那个小池的岸边静坐，在那里怅惘，和沉思那草掩、藤封的道途。

狂风一吹，野花乱坠，池中锦鱼道是好饵来了，争着上来唼喋。我所想的，也浮在水面被鱼喋入口里；复幻成泡沫吐出来，仍旧浮回空中。

鱼还是活活泼泼地游；路又不肯自己开了；我更不能把所想的

撇在一边。呀！

我定睛望着上下游泳的锦鱼；我的回想也随着上下游荡。

呀，女人！你现在成为我“记忆的池”中的锦鱼了。你有时浮上来，使我得以看见你；有时沉下去，使我费神猜想你是在某片落叶底下，或某块沙石之间。

但是那条路的方向我早忘了，我只能每日坐在池边，盼望你能从水底浮上来。

张恨水（1895—1967），安徽潜山人，作家。有长篇小说集《春明外史》《啼笑因缘》《八十一梦》《五子登科》《魍魉世界》等。

五月的北平

◇张恨水

北平的五月，那是一年里的黄金时代。

能够代表东方建筑美的城市，在世界上，除了北平，恐怕难找第二处了。描写北平的文字，由国文到外国文，由元代到今日，那是太多了，要把这些文字抄写下来，随便也可以出百万言的专书。现在要说北平，那真是一部廿四史，无从说起。若写北平的人物，就以目前而论，由文艺到科学，由最崇高的学者到雕虫小技的绝世能手，这个城圈子里，也俯拾即是，要一一介绍，也是不可能。北平这个城，特别能吸收有学问、有技巧的人才，宁可在北平为静止得到生活无告的程度，他们也不肯离开。不要名，也不要钱，就是这样穷困着下去。这实在是件怪事。你又叫我写哪一位才让圈子里的人过瘾呢？

静的不好写，动的也不好写，现在是五月（旧的历法是四月），我们还是写点五月的眼前景物吧。北平的五月，那是一年里的黄金时代。任何树木，都发生了嫩绿的叶子，处处是绿荫满地。卖芍药花的担子，天天摆在十字街头。洋槐树开着其白如雪的花，在绿叶上一球球的顶着。街，人家院落里，随处可见。柳絮飘着雪花，在冷静的胡同里飞。枣树也开花了；在人家的白粉墙头，送出兰花的香味。北平春季多风，但到五月，风季就过去了（今年春季无风）。市民开始穿起夹衣，在不暖的阳光里走。北平的公园，既多又大。只要你有工夫，花不成其为数目的票价，亦可以在锦天铺地，雕栏玉砌的地方消磨一半天。

照着上面所谈，这范围还是太广，像看《四库全书》一样。虽然只成个提要，也觉得应接不暇。让我来缩小范围，只谈一个中人之家吧。北平的房子，大概都是四合院。这个院子，就可以雄视全国建筑。洋楼带花园，这是最令人羡慕的新式住房。可是在北平人看来，那太不算一回事了。北平所谓大宅门，哪家不是七八上下十个院子？哪个院子里不是花果扶疏？这且不谈，就是中产之家，除了大院一个，总还有一两个小院相配合。这些院子里，除了石榴树、金鱼缸，到了春深，家家由屋里度过寒冬搬出来。而院子里的树木，如丁香、西府海棠、藤萝架、葡萄架、垂柳、洋槐、刺槐、枣树、榆树、山桃、珍珠梅、榆叶梅，也都成人家普通的栽植物，这时，都次第的开过花了。尤其槐树，不分大街小巷，不分何种人家，到处都栽着有。在五月里，你如登景山之巅，对北平城作个鸟瞰，你就看到北平市房全参差在绿海里。这绿海就大部分是槐树造成的。

洋槐传到北平，似乎不出五十年。所以这类树，树木虽也有高到五六丈的，都是树干还不十分粗。刺槐却是北平的土产，树兜可以合抱，而树身高到十丈的，那也很是平常。洋槐是树叶子一绿就开花，正在五月，花是成球的开着，串子不长，远望有些像南方的白绣球。刺槐是七月开花，都是一串串有刺，像藤萝（南方叫紫藤），不过是白色的而已。洋槐香浓，刺槐不大香，所以五月里草绿油油的季节，洋槐开花，最是凑趣。

在一个中等人家，正院子里可能就有一两株槐树，或者是一两株枣树。尤其是城北，枣树逐家都有，这是“早子”的谐音，取一个吉利。在五月里，下过一回雨，槐叶已在院子里著上一片绿阴。白色的洋槐花在绿枝上堆着雪球，太阳照着，非常的好看。枣子花是看不见的，淡绿色，和小叶的颜色同样，而且它又极小，只比芝麻大些，所以随便看不见。可是它那种兰蕙之香，在风停日午的时候，在月明如昼的时候，把满院子都浸润在幽静淡雅的境界。假使这人家有些盆景（必然有），石榴花开着火星样的红点，夹竹桃开着粉红的桃花瓣，在上下皆绿的环境中，这几点红色，娇艳绝伦。北平人又爱随地种草本的花籽，这时大小花秧全都在院子里拔地而出，一寸到几寸长的不等，全表示了欣欣向荣的样子。北平的屋子，对院子的一方面，照例下层是土墙，高二、三尺，中层是大玻璃窗，玻璃大得像百货店的货窗相等，上层才是花格活窗。桌子靠墙，总是在大玻璃窗下。主人翁若是读书伏案写字，一望玻璃窗外的绿色，映人眉宇，那实在是含有诗情画意的。而且这样的点缀，并不花费主人什么钱的。

北平这个地方，实在适宜于绿树的点缀，而绿树能亭亭如盖的，又莫过于槐树。在东西长安街，故宫的黄瓦红墙，配上那一碧千株的槐林，简直就是一幅彩画。在古老的胡同里，四五株高槐，映带着平正的土路，低矮的粉墙。行人很少，在白天就觉得其意幽深，更无论月下了。在宽平的马路上，如南，北池子，如南、北长街，两边槐树整齐划一，连续不断，有三、四里之长，远远望去，简直是一条绿街。在古庙门口，红色的墙，半圆的门，几株大槐树在庙外拥立，把低矮的庙整个罩在绿阴下，那情调是肃穆典雅的。在伟大的公署门口，槐树分立在广场两边，好像排列着伟大的仪仗，又加重了几分雄壮之气。太多了，我不能把她一一介绍出来，有人说五月的北平是碧槐的城市，那却是一点没有夸张。

当承平之时，北平人所谓“好年头儿”，在这个日子，也正是故都人士最悠闲舒适的日子。在绿荫满街的当儿，卖芍药花的平头车子整车的花蕾推了过去。卖冷食的担子，在幽静的胡同里叮当作响，敲着冰盏儿，这很表示这里一切的安定与闲静。渤海来的海味，如黄花鱼，对虾，放在冰块上卖，已是别有风趣。又如乳油杨梅、蜜饯樱桃、藤萝饼、玫瑰糕，吃起来还带些诗意。公园里绿叶如盖，三海中水碧如油，随处都是令人享受的地方。但是这一些，我不能、也不愿往下写。现在，这里是邻近炮火边沿，对南方人来说这里是第一线了。北方人吃的面粉，三百多万元一袋；南方人吃的米，卖八万多元一斤。穷人固然是朝不保夕；中产之家虽改吃糙粉度日，也不知道这糙粮允许吃多久。街上的槐树虽然还是碧净如前，但已失去了一切悠闲的点缀。人家院子里，虽是不花钱的庭树，还依然送了绿荫来，这绿荫在人家不是幽丽，乃是凄凄惨惨的象征。谁实为之？孰令致之？我们也就无从问人。《阿房宫赋》前段写得那样富丽，后面接着是一叹：“秦人不自哀！”现在的北平人，倒不是不自哀，其如他们哀亦无益何！

好一座富于东方美的大城市呀，他整个儿在战栗！好一座千年文化的结晶呀，他不断的在枯萎！呼吁于上天，上天无言；呼吁于人类，人类摇头。其奈之何！

徐志摩（1896—1931），浙江海宁人，诗人。著有诗集《志摩的诗》《猛虎集》，散文集《落叶》《巴黎的鳞爪》，短篇小说集《轮盘》等。

我所知道的康桥（节选）

◇徐志摩

我是一个生命的信仰者，我信生活决不是我们大多数人仅仅从自身经验推得的那样暗惨。

（一）

康桥的灵性全在一条河上：康河，我敢说，是全世界最秀丽的一条水。河的名字是葛兰大（Granta），也有叫康河（River Cam）的，许有上下流的区别，我不甚清楚。河身多的是曲折，上游是有名的拜伦潭——“Byron's Pool”——当年拜伦常在那里玩的；有一个老村子叫格兰骞斯德，有一个果子园，你可以躺在累累的桃李树荫下吃茶，花果会掉入你的茶杯，小雀子会到你桌上来啄食，那真是别有一番天地。这是上游；下游是从骞斯德顿下去，河面展开，那是春夏间竞舟的场所。上下河分界处有一个坝筑，水流急得很，在星光下听水声，听近村晚钟声，听河畔倦牛刍草声，是我康桥经验中最神秘的一种：大自然的优美，宁静，调谐在这星光与波光的默契中不期然的掩入了你的性灵。

但康河的精华是在它的中权，著名的“Backs”，这两岸是几个最蜚声的学院的建筑。从上面下来是Pembroke，St.Katharine's，King's，Clare，Trinity，St.John's最令人留连的一节是克莱亚与王家学院的毗连处，克莱亚的秀丽紧邻着王家教堂（King's Chapel）的宏伟。别的地方尽有更美更庄严的建筑，例如巴黎赛因河的罗浮宫一带，威尼斯的利阿尔多大桥的两岸，翡冷翠维基乌大桥的周遭；但康桥的“Backs”自有它的特长，这不容易用一二个状词来概括，它那脱尽尘埃气的一种清澈秀逸的意境可说是超出了画图而化生了音乐的神味。再没有比这一群建筑更调谐更匀称的了！论画，可比的许只有柯罗（Corot）的田野；论音乐，可比的许只有萧那（Chopin）的夜曲。就这也不能给你依稀的印象，它给你的美感简直是神灵性的一种。

假如你站在王家学院桥边的那棵大树荫下眺望，右侧面隔着一大方浅草坪，是我们的校友居（Fellows Building），那年代并不早，但它的妩媚也是不可掩的，它那苍白的石壁上春夏间满缀着艳色的蔷薇在和风中摇颤，更移左是那教堂，森林似的尖阁不可浼的永远直指着天空；更左是克莱亚。啊！那不可信的玲珑的方庭，谁说这不是圣克莱亚（St Clare）的化身，哪一块石上不闪耀着她当年圣洁的精神？在克莱亚后背隐约可辨的是康桥最潢贵最骄纵的三清学院（Trinity），它那临河的图书楼上坐镇着拜伦神采惊人的雕像。

但这时你的注意早已叫克莱亚的三环洞桥魔术似的摄住。你见过西湖白堤上的西冷断桥不是（可怜它们早已叫代表近代丑恶精神的汽车公司给踩平了，现在它们跟着苍凉的雷峰永远辞别了人间）？你忘不了那桥上斑驳的苍苔，木栅的古色，与那桥拱下泄露的湖光与山色不是？克莱亚并没有那样体面的衬托，它也不比庐山栖贤寺旁的观音桥，上瞰五老的奇峰，下临深潭与飞瀑；它只是怯怜怜的一座三环洞的小桥，它那桥洞间也只掩映着细纹的波鳞与婆娑的树影，它那桥上栉比的小穿阑与阑节顶上双双的白石球，也只是村姑子头上不夸张的香草与野花一类的装饰；但你凝神的看着，更凝神的看着，你再反省你的心境，看还有一丝屑的俗念沾滞不？只要你审美的本能不曾汩灭时，这是你的机会实现纯粹美感的神奇！

但你还得选你赏鉴的时辰。英国的天时与气候是走极端的。冬天是荒谬的坏，逢着连绵的雾盲天你一定不迟疑的甘愿进地狱本身去试试；春天（英国是几乎没有夏天的）是更荒谬的可爱，尤其是它那四五月间最渐暖最艳丽的黄昏，那才真是寸寸黄金。在康河边上过一个黄昏是一服灵魂的补剂。啊！我那时蜜甜的单独，那时蜜甜的闲暇。一晚又一晚的，只见我出神似的倚在桥阑上向西天凝望：——

看一回凝静的桥影，
数一数螺细的波纹；
我倚暖了石阑的青苔，

青苔凉透了我的心坎；……

还有几句更笨重的怎能仿佛那游丝似轻妙的情景：

难忘七月的黄昏，远树凝寂，
像墨泼的山形，衬出轻柔瞑色：
密稠稠，七分鹅黄，三分橘绿，
那妙意只可去秋梦边缘捕捉；……

（二）

这河身的两岸都是四季常青最葱翠的草坪。从校友居的楼上望去，对岸草场上，不论早晚，永远有数十匹黄牛与白马，胫蹄没在恣蔓的草丛中，从容的在咬嚼，星星的黄花在风中动荡，应和着它们尾鬃的扫拂。桥的两端有斜倚的垂柳与荫护住。水是澈底的清澄，深不足四尺，匀匀的长着长条的水草。这岸边的草坪又是我的爱宠，在清朝，在傍晚，我常去这天然的织锦上坐地，有时读书，有时看水；有时仰卧着看天空的行云，有时反仆着搂抱大地的温软。

但河上的风流远不止两岸的秀丽。你得买船去玩，船不止一种：有普通的双桨划船，有轻快的薄皮舟（Canoe），有最别致的长形撑篙船（Punt）。最末的一种是别处不常有的：约莫有两丈长，三尺宽，你站直在船梢上用长竿撑着走的。这撑是一种技术。我手脚太蠢，始终不曾学会。你初起手尝试时，容易把船身横住在河中，东颠西撞的狼狈。英国人是不轻易开口笑人的，但是小心他们不出声的皱眉！也不知有多少次河中本来优闲的秩序叫我这莽撞的外行给捣乱了。我真的始终不曾学会；每回我不服输跑去租船再试的时候，有一个白胡子的船家往往带讥讽的对我说："先生，这撑船费劲，天热累人，还是拿个薄皮舟溜溜吧！"我哪里肯听话，长篙子一点就把船撑了开去，结果还是把河身一段段的腰斩了去！

站在桥上去看人家撑，那多不费劲，多美！尤其在礼拜天有几个专家的女郎，穿一身缟素衣服，裙裾在风前悠悠的飘着，戴一顶宽边的薄纱帽，帽影在水草间颤动，你看她们出桥洞时的姿态，捻起一根竟像没分量的长竿，只轻轻的，不经心的往波心里一点，身子微微的一蹲，这船身便波的转出了桥影，翠条鱼似的向前滑了去。她们那敏捷，那闲暇，那轻盈，真是值得歌咏的。

在初夏阳光渐暖时你去买一艘小船，划去桥边荫下躺着念你的书或是做你的梦，槐花香在水面上飘浮，鱼群的唼喋声在你的耳边挑逗。或是在初秋的黄昏，迎着新月的寒光，往上流僻静处远去。爱热闹的少年们携着他们的女友，在船沿上支着双双的东洋彩纸灯，带着话匣子，船心里用软垫铺着，也开向无人迹处去享他们的野福——谁不爱听那水底翻的音乐在静定的河上描写梦意与春光！

住惯城市的人不易知道季候的变迁。看见叶子掉知道是秋，看见叶子绿知道是春；天冷了装炉子，天热了拆炉子；脱下棉袍，换上夹袍，脱下夹袍，穿上单袍，不过如此罢了。天上星斗的消息，地下泥土里的消息，空中风吹的消息，都不关我们的事。忙着哪，这样那样事情多着，谁耐烦管星星的移转，花草的消长，风云的变幻？同时我们抱怨我们的生活，苦痛、烦闷、拘束、枯燥，谁肯承认做人是快乐？谁不多少间咒诅人生？

但不满意的生活大都是由于自取的。我是一个生命的信仰者，我信生活决不是我们大多数人仅仅从自身经验推得的那样暗惨。我们的病根是在“忘本”。人是自然的产儿，就比枝头的花与鸟儿是自然的产儿；但我们不幸是文明人，入世深似一天，离自然远似一天。离开了泥土的花草，离开了水的鱼，能快活吗？能生存吗？从大自然，我们取得我们的生命；从大自然，我们应分取得我们继续的资养。哪一株婆娑的大木没有盘错的根柢深入在无尽藏的地里？我们是永远不能独立的。有幸福是永远不离母亲抚育的孩子，有健康是永远接近自然的人们。不必一定与鹿豕游，不必一定回“洞府”去；为医治我们当前生活的枯窘，只要“不完全遗忘自然”一张轻淡的药方，我们的病象就有缓和的希望。在青草里打几个滚，到海水里洗几次浴，到高处去看几次朝霞与晚照——你肩背上的负担就会轻松了去的。

这是极肤浅的道理，当然。但我要没有过过康桥的日子，我就不会有这样的自信。我这一辈子就只那一春，说也可怜，算是不曾虚度。就只那一春，我的生活是自然的，是真愉快的！（虽则碰巧那也是我最感受人生痛苦的时期。）我那时有的是闲暇，有的是自由，有的是绝对单独的机会。说也奇怪，竟像是第一次，我辨认了星月的光明，草的青，花的香，流水的殷勤。我能忘记那初春的睥睨吗？曾经有多少个清晨我独自冒着冷去薄霜铺地的林子里闲步——为听鸟语，为盼朝阳，为寻泥土里渐次苏醒的花草，为体会最微细最神妙的春信。啊，那是新来的画眉在那边凋不尽的青枝上试它的新声！啊，这是第一朵小雪球花挣出了半冻的地面！啊，这不是新来的潮润沾上了寂寞的柳条？

静极了，这朝来水溶溶的大道，只远处牛奶车的铃声，点缀这周遭的沉默。顺着这大道走去，走到尽头，再转入林子里的小径，往烟雾浓密处走去，头顶是交枝的榆荫，透露着漠楞楞的曙色；再往前走去，走尽这林子，当前是平坦的原野，望见了村舍，初青的麦田，更远三两个馒形的小山掩住了一条通道。天边是雾茫茫的，尖尖的黑影是近村的教寺。听，那晓钟和缓的清音。这一带是此邦中部的平原，地形像是海里的轻波，默沉沉的起伏；山岭是望不见的，有的是常青的草原与沃腴的田壤。登那土阜上望去，康桥只是一带茂林，拥戴着几处娉婷的尖阁，妩媚的康河也望不见踪迹。你只能循着那锦带似的林木想象那一流清浅。村舍与树林是这地盘上的棋子，有村舍处有佳荫，有佳荫处有村舍。这早起是看炊烟的时辰：朝雾渐渐的升起，揭开了这灰苍苍的天幕（最好是微霰后的光景），远近的炊烟，成丝的，成缕的，成卷的，轻快的，迟重的，浓灰的，淡青的，惨白的，在静定的朝气里渐渐的上腾，渐渐的不见，仿佛是朝来人们的祈祷，参差的翳入了天听。朝阳是难得见的，这初春的天气。但它来时是起早人莫大的愉快。顷刻间这田野添深了颜色，一层轻纱似的金粉糁上了这草，这树，这通道，这庄舍。顷刻间这周遭弥漫了清晨富丽的温柔。顷刻间你的心怀也分润了白天诞生的光荣。“春”！这胜利的晴空仿佛在你的耳边私语。“春”！你那快活的灵魂也仿佛在那里回响。

……

伺候着河上的风光，这春天一天有一天的消息。关心石上的苔痕，关心败草里的花鲜，关心这水流的缓急，关心水草的滋长，关心天上的云霞，关心新来的鸟语。怯怜怜的小雪球是探春信的小使。铃兰与香草是欢喜的初声。窈窕的莲馨，玲珑的石水仙，爱热闹的克罗克斯，耐辛苦的蒲公英与雏菊——这时候春光已是缦烂在人间，更不须殷勤问讯。

瑰丽的春放。这是你野游的时期。可爱的路政，这里不比中国，哪一处不是坦荡荡的大道？徒走是一个愉快，但骑自转车是一个更大的愉快。在康桥骑车是普遍的技术；妇人、稚子、老翁，一致享受这双轮舞的快乐（在康桥听说自转车是不怕人偷的，因为人人都自己有车，没人要偷）。任你选一个方向，任你上一条通道，顺着这带草味的和风，放轮远去，保管你这半天的逍遥是你性灵的补剂。这道上有的是清荫与美草，随地都可以供你休息。你如爱花，这里多的是锦绣似的草原。你如爱鸟，这里多的是巧啭的鸣禽。你如爱儿童，这乡间到处是可亲的稚子。你如爱人情，这里多的是不嫌远客的乡人，你到处可以"挂单"借宿，有酪浆与嫩薯供你饱餐，有夺目的果鲜恣你的尝新。你如爱酒，这乡间每"望"都为你储有上好的新酿，黑啤如太浓，苹果酒、姜酒都是供你解渴润肺的。……带一卷书，走十里路，选一块清静地，看天，听鸟，读书，倦了时，和身在草绵绵处寻梦去——你能想象更适情更适性的消遣吗？

陆放翁有一联诗句："传呼快马迎新月，却上轻舆趁晚凉。"这是做地方官的风流。我在康桥时虽没马骑，没轿子坐，却也有我的风流：我常常在夕阳西晒时骑了车迎着天边扁大的日头直追。日头是追不到的，我没有夸父的荒诞，但晚景的温存却被我这样偷尝了不少。有三两幅画图似的经验至今还是栩栩的留着。只说看夕阳，我们平常只知道登山或是临海，但实际只须辽阔的天际，平地上的晚霞有时也是一样的神奇。有一次我赶到一个地方，手把着一家村庄的篱笆，隔着一大田的麦浪，看西天的变幻。有一次是正冲着一条宽广的大道，过来一大群羊，放草归来的，偌大的太阳在它们后背放射着万缕的金辉，天上却是乌青青的，只剩这不可逼视的威光中的一条大路，一群生物！我心头顿时感着神异性的压迫，我真的跪下了，对着这冉冉渐翳的金光。再有一次是更不可忘的奇景，那是临着一大片望不到头的草原，满开着艳红的罂粟，在青草里亭亭的像是万盏的金灯，阳光从褐色云里斜着过来，幻成一种异样的紫色，透明似的不可逼视，霎那间在我迷眩了的视觉中，这草田变成了……不说也罢，说来你们也是不信的！

一别二年多了，康桥，谁知我这思乡的隐忧？也不想别的，我只要那晚钟撼动的黄昏，没遮拦的田野，独自斜倚在软草里，看第一个大星在天边出现！

郁达夫（1896—1945），浙江富阳人，作家。有短篇小说集《茑萝集》，中篇小说《她是一个弱女子》，散文集《闲书》《屐痕处处》《达夫日记》等。

江南的冬景

◇郁达夫

对于江南的冬景，总觉得是可以抵得过北方夏夜的一种特殊情调。

凡在北国过过冬天的人，总都道围炉煮茗，或吃煊羊肉，剥花生米，饮白干的滋味。而有地炉、暖炕等设备的人家，不管它门外面是雪深几尺，或风大若雷，而躲在屋里过活的两三个月的生活，却是一年之中最有劲的一段蛰居异境；老年人不必说，就是顶喜欢活动的小孩子们，总也是个个在怀恋的，因为当这中间，有的萝卜、雅儿梨等水果的闲食，还有大年夜、正月初一元宵等热闹的节期。

但在江南，可又不同：冬至过后，大江以南的树叶，也不至于脱尽。寒风——西北风——间或吹来，至多也不过冷了一日两日。到得灰云扫尽，落叶满街，晨霜白得像黑女脸上的脂粉似的清早，太阳一上屋檐，鸟雀便又在吱叫，泥地里便又放出水蒸气来，老翁小孩就又可以上门前的隙地里去坐着曝背谈天，营屋外的生涯了；这一种江南的冬景，岂不也可爱得很么？

我生长江南，儿时所受的江南冬日的印象，铭刻特深；虽则渐入中年，又爱上了晚秋，以为秋天正是读读书，写写字的人的最惠节季，但对于江南的冬景，总觉得是可以抵得过北方夏夜的一种特殊情调，说得摩登些，便是一种明朗的情调。

我也曾到过闽粤，在那里过冬天，和暖原极和暖，有时候到了阴历的年边，说不定还不得不拿出纱衫来着：走过野人的篱落，更还看得见许多杂七杂八的秋花！一番阵雨雷鸣过后，凉冷一点，至多也只好换上一件夹衣，在闽粤之间，皮袍棉袄是绝对用不着的！这一种极南的气候异状，并不是我所说的江南的冬景，只能叫它作南国的长春，是春或秋的延长。

江南的地质丰腴而润泽，所以含得住热气，养得住植物；因而长江一带，芦花可以到冬至而不败，红叶也有时候会保持得三个月以上的生命。像钱塘江两岸的乌桕树，则红叶落后，还有雪白的桕子着在枝头，一点一丛，用照相机照将出来，可以乱梅花之真。草色顶多成了赭色，根边总带点绿意，非但野火烧不尽，就是寒风也吹不倒的。若遇到风和日暖的午后，你一个人肯上冬郊去走走，则青天碧落之下，你不但感不到岁时的肃杀，并且还可以饱觉着一种莫名其妙的含蓄在那里的生气；“若是冬天来了，春天也总马上会来”的诗人的名句，只有在江南的山野里，最容易体会得出。

说起了寒郊的散步，实在是江南的冬日，所给与江南居住者的一种特异的恩惠；在北方的冰天雪地里生长的人，是终他的一生，也决不会有享受这一种清福的机会的。我不知道德国的冬天，比起我们江浙来如何，但从许多作家的喜欢以Spaziergang一字来做他们的创造题目的一点看来，大约是德国南部地方，四季的变迁，总也和我们的江南差仿不多。譬如说十九世纪的那位乡土诗人洛在格（Peter Rosegger1843—1918）罢，他用这一个“散步”做题目的文章尤其写得多，而所写的情形，却又是大半可以拿到中国江浙的山区地方来适用的。

江南河港交流，且又地滨大海，湖沼特多，故空气里时含水分；到得冬天，不时也会下着微雨，而这微雨寒村里的冬霖景象，又是一种说不出的悠闲境界。你试想想，秋收过后，河流边三五家人家会聚在一道的一个小村子里，门对长桥，窗临远阜，这中间又多是树枝槎丫的杂木树林；在这一幅冬日农村的图上，再洒上一层细得同粉也似的白雨，加上一层淡得几不成墨的背景，你说还够不够悠闲？若再要点景致进去，则门前可以泊一只乌篷小船，茅屋里可以添几个喧哗的酒客，天垂暮了，还可以加一味红黄，在茅屋窗中画上一圈暗示着灯光的月晕。人到了这一个境界，自然会得胸襟洒脱起来，终至于得失俱亡，死生不问了；我们总该还记得唐朝那位诗人做的“暮雨潇潇江上村”的一首绝句罢？诗人到此，连对绿林豪客都客气起来了，这不是江南冬景的迷人又是什么？

一提到雨，也就必然的要想到雪：“晚来天欲雪，能饮一杯无？”自然是江南日暮的雪景。“寒沙梅影路，微雪酒香村”，则雪月梅的冬宵三友，会合在一道，在调戏酒姑娘了。“柴门闻犬吠，风雪夜归人”，是江南雪夜，更深人静后的景况。“前树深雪里，昨夜一枝开”又到了第二天的早晨，和狗一样喜欢弄雪的村童来报告村景了。诗人的诗句，也许不尽是在江南所写，而做这几句诗的诗人，也许不尽是江南人，但假了这几句诗来描写江南的雪景，岂不直截了当，比我这一枝愚劣的笔所写的散文更美丽得多？

有几年，在江南，在江南也许会没有雨没有雪的过一个冬，到了春间阴历的正月底或二月初再冷一冷下一点春雪的；去年（1934）的冬天是如此，今年的冬天恐怕也不得不然，以节气推算起来，大约太冷的日子，将在1936年的2月尽头，最多也总不过是七八天的样子。像这样的冬天，乡下人叫作旱冬，对于麦的收成或者好些，但是人口却要受到损伤；旱得久了，白喉，流行性感冒等疾病自然容易上身，可是想恣意享受江南的冬景的人，在这一种冬天，倒只会得到快活一点，因为晴和的日子多了，上郊外去闲步逍遥的机会自然也多；日本人叫作Hiking，德国人叫作Spaziergang狂者，所最欢迎的也就是这样的冬天。

窗外的天气晴朗得像晚秋一样：晴空的高爽，日光的洋溢，引诱得使你在房间里坐不住，空言不如实践，这一种无聊的杂文，我也不再想写下去了，还是拿起手杖，搁下纸笔，上湖上散散步罢！

故都的秋

◇郁达夫

中国的秋的深味，非要在北方，才感受得到底。

秋天，无论在什么地方的秋天，总是好的；可是啊，北国的秋，却特别地来得清，来得静，来得悲凉。我的不远千里，要从杭州赶上青岛，更要从青岛赶上北平来的理由，也不过想饱尝一尝这“秋”，这故都的秋味。

江南，秋当然也是有的；但草木凋得慢，空气来得润，天的颜色显得淡，并且又时常多雨而少风；一个人夹在苏州上海杭州，或厦门香港广州的市民中间，混混沌沌地过去，只能感到一点点清凉，秋的味，秋的色，秋的意境与姿态，总看不饱，尝不透，赏玩不到十足。秋并不是名花，也并不是美酒，那一种半开，半醉的状态，在领略秋的过程上，是不合适的。

不逢北国之秋，已将近十余年了。在南方每年到了秋天，总要想起陶然亭的芦花，钓鱼台的柳影，西山的虫唱，玉泉的夜月，潭柘寺的钟声。在北平即使不出门去罢，就是在皇城人海之中，租人家一椽破屋来住着，早晨起来，泡一碗浓茶，向院子一坐，你也能看得到很高很高的碧绿的天色，听得到青天下驯鸽的飞声。从槐树叶底，朝东细数着一丝一丝漏下来的日光，或在破壁腰中，静对着像喇叭似的牵牛花（朝荣）的蓝朵，自然而然地也能够感觉到十分的秋意。说到了牵牛花，我以为以蓝色或白色者为佳，紫黑色次之，淡红色最下。最好，还要在牵牛花底，教长着几根疏疏落落的尖细且长的秋草，使作陪衬。

北国的槐树，也是一种能使人联想起秋来的点缀。像花而又不是花的那一种落蕊，早晨起来，会铺得满地。脚踏上去，声音也没有，气味也没有，只能感出一点点极微细极柔软的触觉。扫街的在树影下一阵扫后，灰土上留下来的一条条扫帚的丝纹，看起来既觉得细腻，又觉得清闲，潜意识下并且还觉得有点儿落寞，古人所说的梧桐一叶而天下知秋的遥想，大约也就在这些深沉的地方。

秋蝉的衰弱的残声，更是北国的特产；因为北平处处全长着树，屋子又低，所以无论在什么地方，都听得见它们的啼唱。在南方是非要上郊外或山上去才听得到的。这秋蝉的嘶叫，在北平可和蟋蟀耗子一样，简直像是家家户户都养在家里的家虫。

还有秋雨哩，北方的秋雨，也似乎比南方的下得奇，下得有味，下得更像样。

在灰沉沉的天底下，忽而来一阵凉风，便息列索落地下起雨来了。一层雨过，云渐渐地卷向了西去，天又晴了，太阳又露出脸来了；着着很厚的青布单衣或夹袄的都市闲人，咬着烟管，在雨后的斜桥影里，上桥头树底下去一立，遇见熟人，便会用了缓慢悠闲的声调，微叹着互答着地说：

“唉，天可真凉了——”（这了字念得很高，拖得很长。）

“可不是么？一层秋雨一层凉了！”

北方人念阵字，总老像是层字，平平仄仄起来，这念错的歧韵，倒来得正好。

北方的果树，到秋来，也是一种奇景。第一是枣子树；屋角，墙头，茅房边上，灶房门口，它都会一株株地长大起来。像橄榄又像鸽蛋似的这枣子颗儿，在小椭圆形的细叶中间，显出淡绿微黄的颜色的时候，正是秋的全盛时期；等枣树叶落，枣子红完，西北风就要起来了，北方便是尘沙灰土的世界，只有这枣子、柿子、葡萄，成熟到八九分的七八月之交，是北国的清秋的佳日，是一年之中最好也没有的Golden Days。

有些批评家说，中国的文人学士，尤其是诗人，都带着很浓厚的颓废色彩，所以中国的诗文里，颂赞秋的文字特别的多。但外国的诗人，又何尝不然？我虽则外国诗文念得不多，也不想开出账来，做一篇秋的诗歌散文钞，但你若去一翻英德法意等诗人的集子，或各国的诗文的An-thology 来，总能够看到许多关于秋的歌颂与悲啼。各著名的大诗人的长篇田园诗或四季诗里，也总以关于秋的部分，写得最出色而最有味。足见有感觉的动物，有情趣的人类，对于秋，总是一样的能特别引起深沉、幽远、严厉、萧索的感触来的。不单是诗人，就是被关闭在牢狱里的囚犯，到了秋天，我想也一定会感到一种不能自已的深情；秋之于人，何尝有国别，更何尝有人种阶级的区别呢？不过在中国，文字里有一个“秋士”的成语，读本里又有着很普遍的欧阳子的《秋声》与苏东坡的《赤壁赋》等，就觉得中国的文人，与秋的关系特别深了。可是这秋的深味，尤其是中国的秋的深味，非要在北方，才感受得到底。

南国之秋，当然是也有它的特异的地方的，比如廿四桥的明月，钱塘江的秋潮，普陀山的凉雾，荔枝湾的残荷等等，可是色彩不浓，回味不永。比起北国的秋来，正像是黄酒之与白干，稀饭之与馍馍，鲈鱼之与大蟹，黄犬之与骆驼。

秋天，这北国的秋天，若留得住的话，我愿把寿命的三分之二折去，换得一个三分之一的零头。

朱自清（1898—1948），浙江绍兴人，散文家、学者。有散文集《背影》《欧游杂记》，长诗《毁灭》。学术论著《经典常谈》《诗言志辨》等。有《朱自清全集》行世。

绿

◇朱自清

我送你一个名字，我从此叫你“女儿绿”，好么？

我第二次到仙岩的时候，便惊诧于梅雨潭的绿了。梅雨潭是一个瀑布潭。仙瀑有三个瀑布，梅雨瀑最低。走到山边，便听见花花花花的声音；抬起头，镶在两条湿湿的黑边儿里的，一带白而发亮的水便呈现于眼前了。

我们先到梅雨亭。梅雨亭正对着那条瀑布；坐在亭边，不必仰头，便可见它的全体了。亭下深深的便是梅雨潭。这个亭踞在突出的一角的岩石上，上下都空空儿的；仿佛一只苍鹰展着翼翅浮在天宇中一般。三面都是山，像半个环儿拥着；人如在井底了。这是一个秋季的薄阴的天气。微微的云在我们顶上流着；岩面与草丛都从润湿中透出几分油油的绿意。而瀑布也似乎分外的响了。那瀑布从上面冲下，仿佛已被扯成大小的几绺；不复是一幅整齐而平滑的布。岩上有许多棱角；瀑流经过时，作急剧的撞击，便飞花碎玉般乱溅着了。那溅着的水花，晶莹而多芒；远望去，像一朵朵小小的白梅，微雨似的纷纷落着。据说，这就是梅雨潭之所以得名了。但我觉得像杨花，格外确切些。轻风起来时，点点随风飘散，那更是杨花了。——这时偶然有几点送入我们温暖的怀里，便倏的钻了进，再也寻它不着。

梅雨潭闪闪的绿色招引着我们；我们开始追捉她那离合的神光了。揪着草，攀着乱石，小心探身下去，又鞠躬过了一个石穹门，便到了汪汪一碧的潭边了。瀑布在襟袖之间；但我的心中已没有瀑布了。我的心随潭水的绿而摇荡。那醉人的绿呀，仿佛一张极大极大的荷叶铺着，满是奇异的绿呀。我想张开两臂抱住她；但这是怎样一个妄想呀。——站在水边，望到那面，居然觉着有些远呢！这平铺着，厚积着的绿，着实可爱。她松松的皱缬着，像少妇拖着的裙幅；她轻轻的摆弄着，像跳动的初恋的处女的心；她滑滑的明亮着，像涂了“明油”一般，有鸡蛋清那样软，那样嫩，令人想着所曾触过的最嫩的皮肤；她又不杂些儿法滓，宛然一块温润的碧玉，只清清的一色——但你却看不透她！我曾见过北京什刹海指地的绿杨，脱不了鹅黄的底子，似乎太淡了。我又曾见过杭州虎跑寺旁高峻而深密的“绿壁”，重叠着无穷的碧草与绿叶的，那又似乎太浓了。其余呢，西湖的波太明了，秦淮河的又太暗了。可爱的，我将什么来比拟你呢？我怎么比拟得出呢？大约潭是很深的、故能蕴蓄着这样奇异的绿；仿佛蔚蓝的天融了一块在里面似的，这才这般的鲜润呀。——那醉人的绿呀！我若能裁你以为带，我将赠给那轻盈的舞女；她必能临风飘举了。我若能挹你以为眼，我将赠给那善歌的盲妹；她必明眸善睐了。我舍不得你；我怎舍得你呢？我用手拍着你，抚摩着你，如同一个十二三岁的小姑娘。我又掬你入口，便是吻着她了。我送你一个名字，我从此叫你“女儿绿”，好么？

我第二次到仙岩的时候，我不禁惊诧于梅雨潭的绿了。

扬州的夏日

◇朱自清

扬州的夏日，好处大半便在水上——有人称为“瘦西湖”。

扬州从隋炀帝以来，是诗人文士所称道的地方；称道的多了，称道得久了，一般人便也随声附和起来。直到现在，你若向人提起扬州这个名字，他会点头或摇头说：“好地方！好地方！”特别是没去过扬州而有念过唐诗的人，在他心里，扬州真像蜃楼海市一般美丽；他若念过《扬州画舫录》一类书，那更了不得了。但在一个久住扬州像我的人，他却没有那么多美丽的幻想，他的憎恶也许掩住了他的爱好；他也许离开了三四年并不去想它。若是想呢，——你说他想什么？女人；不错，这似乎也有名，但怕不是现在的女人吧？——他只会想着扬州的夏日，虽然与女人仍然不无关系的。

北方和南方一个大不同，在我看，就是北方无水而南方有。诚然，北方今年大雨，永定河，大清河甚至决了堤防，但这并不能算是有水；北平的三海和颐和园虽然有点儿水，但太平衍了，一览而尽，船又那么笨头笨脑的。有水的仍然是南方。扬州的夏日，好处大半便在水上——有人称为“瘦西湖”，这个名字真是太“瘦”

了，假西湖之名以行，“雅得这样俗”，老实说，我是不喜欢的。下船的地方便是护城河，曼衍开去，曲曲折折，直到平山堂——这是你们熟悉的名字——，有七八里河道，还有许多杈杈桠桠的支流。这条河其实也没有顶大的好处，只是曲折而有些幽静，和别处不同。

沿河最著名的风景是小金山，法海寺，五亭桥；最远的便是平山堂了。金山你们是知道的，小金山却在水中央。在那里望水最好，看月自然也不错——可是我还不曾有过那样福气。“下河”的人十之九是到这儿的，人不免太多些。法海寺有一个塔，和北海的一样，据说是乾隆皇帝下江南，盐商们连夜督促匠人造成的。法海寺著名的自然是这个塔；但还有一桩，你们猜不着，是红烧猪头。夏天吃红烧猪头，在理论上也许不甚相宜；可是在实际上，挥汗吃着，倒也不坏的。五亭桥如名字所示，是五个亭子的桥。桥是拱形，中一亭最高，两边四亭，参差相称；最宜远看，或看影子，也好。桥洞颇多，乘小船穿来穿去，另有风味。平山堂在蜀冈上。登堂可见江南诸山淡淡的轮廓；“山色有无中”一句话，我看是恰到好处，并不算错。这里游人较少，闲坐在山上，可以永日。沿路光景，也以闲寂胜。从天宁门或北门下船，蜿蜒的城墙，在水里倒映着苍黝的影子，小船悠然地撑过去，岸上的喧扰像没有似的。

船有三种：大船专供宴游之用，可以挟妓或打牌。小时候常跟了父亲去，在船里听着谋得利洋行的唱片。现在这样乘船的大概少了吧？其次是“小划子”，真像一瓣西瓜，由一个男人或女人用竹篙撑着。乘的人多了，便可雇两只，前后用小凳子跨着：这也可算得“方舟”了。后来又有一种“洋划”，比大船小，比“小划子”大，上支布篷，可以遮日遮雨。“洋划”渐渐地多，大船渐渐地少，然而“小划子”总是有人要的。这不独因为价钱最贱，也因为它的伶俐。一个人坐在船中，让一个人在船尾上用竹篙一下一下地撑着，简直是一首唐诗，或一幅山水画。而有些好事的少年，愿意自己撑船，也非“小划子”不行。“小划子”虽然便宜，却也有些分别。譬如说，你们也可想到的，女人撑船总要贵些；姑娘撑的自然更要贵了。这些撑船的女子，便是有人说过的“瘦西湖上的船娘”。船娘们的故事大概不少，但我不很知道。据说以乱头粗服，风趣天然为胜；中年而有风趣，也仍然算好。可是起初原是逢场作戏，或尚不伤廉惠；以后居然有了价格，便觉意味索然了。

北门外一带，叫做下街，“茶馆”最多，往往一面临河。船行过时，茶客与乘客可以随便招呼说话。船上人若高兴时，也可以向茶馆中要一壶茶，或一两种“小笼点心”，在河中喝着、吃着、谈着。回来时再将茶壶和所谓小笼，连价款一并交给茶馆中人。撑船的都与茶馆相熟，他们不怕你白吃。扬州的小笼点心实在不错：我离开扬州，也走过七八处大大小小的地方，还没有吃过那样好的点心；这其实是值得惦记的。茶馆的地方大致总好，名字也颇有好的。如香影廊，绿杨树，红叶山庄，都是到现在还记得的。绿杨村的幌子，挂在绿杨树上，随风飘展，使人到现在还记得的。“绿杨城郭是扬州”的名句。里面还有小池、丛竹、茅亭，景物最幽。这一带的茶馆布置都历落有致，迥非上海，北平方方正正的茶楼可比。

“下河”总是下午。傍晚回来，在暮霭朦胧中上了岸，将大褂折好搭在腕上，一手微微摇着扇子；这样进了北门或天宁门走回家中。这时候可以念“又得浮生半日闲”那一句诗了。

郑振铎（1898—1958），福建长乐人，作家、学者、翻译家。有散文集《海燕》，短篇小说集《桂公塘》等。

蝴蝶的文学

◇郑振铎

蝴蝶来了，偕来的是花的春天。

一

春送了绿衣给田野，给树林，给花园；甚至于小小的墙隅屋角，小小的庭前阶下，也点缀着新绿。就是油碧色的湖水，被春风粼粼地吹动，山间的溪流也开始淙淙汩汩地流动了；于是黄的、白的、红的、紫的、蓝的，以及不能名色的花开了，于是黄的、白的、红的、黑的，以及不能名色的蝴蝶们，从蛹中苏醒了，舒展着美的耀人的双翼，栩栩在花间，在园中飞了；便是小小的墙隅屋角，小小的庭前阶下，只要有新绿的花木在着的，只要有什么花舒放着的，蝴蝶们也都栩栩地来临了。

蝴蝶来了，偕来的是花的春天。

当我们在和暖宜人的阳光底下，走到一望无际的开放着金黄色的花的菜田间，或杂生着不可数的无名的野花的草地上时，大的小的蝴蝶们总在那里飞翔着。一刻飞向这朵花，一刻飞向那朵花，便是停下了，双翼也还在不息不住地扇动着。一群儿童们嬉笑着追逐在它们之后，见它们停下了，悄悄地便蹑足走近，等到他们走近时，蝴蝶却又态度闲暇地舒翼飞开了。

呵，蝴蝶！它便被追，也并不现出匆急的神气。

——日本的俳句，我乐作

在这个时候，我们似乎感得全个宇宙都耀着微笑，都泛溢着快乐，每个生命都在生长，在向前或向上发展。

二

在东方，蝴蝶是我们最喜欢的东西之一，画家很高兴画蝶。甚至于在我们古式的帐眉上，常常是绘饰着很工细的百蝶图——我家以前便有二幅帐眉是这样的。在文学里，蝴蝶也是他们所很喜欢取用的题材之一。歌咏蝴蝶的诗歌或赋，继续地产生了不少。梁时刘孝绰有《咏素蝶》一诗：

随蜂绕绿蕙，避雀隐青薇。
映日忽争起，因风乍共归。
出没花中见，参差叶际飞。

芳华幸勿谢，嘉树欲相依。

同时如简文帝（萧纲）诸人也作有同题的诗。于是明时有一个叫钱文荐的做了一篇《蝶赋》，便托言梁简文与刘孝绰同游后园，“见从风蝴蝶，双飞花上”，孝绰就作此赋以献简文。此后，李商隐、郑谷、苏轼诸诗人并有咏蝶之作，而谢逸一人作了蝶诗三百首，最为著名，人称之为“谢蝴蝶”。

叶叶复翻翻，斜桥对侧门。
芦花唯有白，柳絮可能温？
西子寻遗殿，昭君觅故村。
年年方物尽，来别败兰荪。
——李商隐

寻艳复寻香，似闲还似忙。
暖烟深蕙径，微雨宿花房。
书幌轻随梦，歌楼误采妆，
王孙深属意，绣入舞衣裳。
——郑谷

双肩卷铁丝，两翅晕金碧。
初来花争妍，忽去鬼无迹。
——苏轼

何处轻黄双小蝶，翩翩与我共徘徊。
绿阴芳草佳风月，不是花时也解来。
——陆游

桃红李白一番新，对舞花前亦可人。

才过东来又西去，片时游遍满园春。

江南日暖午风细，频逐卖花人过桥。

……

——谢逸

像这一类的诗，如要集在一起，至少可以成一大册呢。然而好的实在是没有多少。

在日本的俳句里，蝴蝶也成了他们所喜咏的东西，小泉八云曾著有《蝴蝶》一文，中举咏蝶的日本俳句不少，现在转译十余首于下。

就在睡中吧，它还是梦着在游戏——呵，草的蝴蝶。

——护物

醒来！醒来！——我要与你做朋友，你睡着的蝴蝶。

——芭蕉

呀，那只笼鸟眼里的忧郁的表示呀——它妒羡着蝴蝶!

——作者不明

当我看见落花又回到枝上时——呵，它不过是一只蝴蝶!

——守武

蝴蝶怎样的与落花争轻呵!

——春海

看那只蝴蝶飞在那个女人的身旁——在她前后飞翔着。

——素园

哈！蝴蝶！——它跟随在偷花者之后呢!

——丁涛

可怜的秋蝶呀！它现在没有一个朋友，却只跟在人的后边呀！

——可都里

至于蝴蝶们呢，他们都只有十七八岁的姿态。

——三津人

蝴蝶那样的游戏着——若在这个世界上没有一个敌人似的！

——作者不明

呀，蝴蝶！——它游戏着，似乎在现在的生活里，没有一点别的希求。

——一茶

在红花上的是一只白的蝴蝶，我不知是谁的魂。

——子规

我若能常有追捉蝴蝶的心肠呀！

——杉长

三

我们一讲起蝴蝶，第一便会联想到关于庄周的一段故事。《庄子·齐物论》道："昔者庄周梦为蝴蝶，栩栩然蝴蝶也，自喻适志与？不知周也。俄然觉，则蘧蘧然周也。不知周之梦为蝴蝶与？蝴蝶之梦为周与？周与蝴蝶，则必有分矣。此之为物化。"这一段简短的话，又合上了"庄子妻死，惠子吊之。庄子方箕踞，鼓盆而歌"（《至乐篇》）的一段话，后来便演变成了一个故事。这故事的大略是如此：庄周为李耳的弟子，尝昼寝梦为蝴蝶，"栩栩然于园林花草之间，其意甚适。醒来时，尚觉臂膊如两翅飞动，心甚异之。以后不时有此梦"。他便将此梦诉之于师。李耳对他指出夙世因缘。原来那庄生是混沌初分时一个白蝴蝶，因偷采蟠桃花蕊，为王母位下守花的青鸾啄死。其神不散，托生于世做了庄周。他被师点破前生，便把世情看作行云流水，一丝不挂。他娶妻田氏，二人共隐于南华山。一日，庄周出游山下，见一新坟封土未干，一少妇坐于冢旁，用扇向冢连扇不已，便问其故。少妇说，她丈夫与她相爱，死时遗言，如欲再嫁，须待坟土干了方可。因此举扇扇之。庄子便向她要过扇来，替她一扇，坟土立刻干了。少妇起身致谢，以扇酬他而去。庄子回来，慨叹不已。田氏闻知其事，大骂那少妇不已。庄子道："生前个个说恩深，死后人人欲扇坟。"田氏大怒，向他立誓说，如他死了，她绝不再嫁。不多几日，庄子得病而死。死后七日，有楚王孙来寻庄子，知他死了，便住于庄子家中，替他守丧百日。田氏见他生得美貌，对他很有情意。后来，二人竟恋爱了，结婚了。结婚时，王孙突然地心疼欲绝。王孙之仆说，欲得人的脑髓吞之才会好。田氏便去拿斧劈棺，欲取庄子之脑髓。不料棺盖劈裂时，庄子却叹了一口气从棺内坐起。田氏吓得心头乱跳，不得已将庄子从棺内扶出。这时，寻王孙时，他主仆二人早已不见了。庄子说她道："甫得盖棺遭斧劈，如何等待扇干坟！"又用手向外指道："我教你看两个人。"田氏回头一看，只见楚王孙及其仆踱了进来。她吃了一惊，转身时，不见了庄生，再回头时，连王孙主仆也不见了。"原来此皆庄生分身隐形之法。"田氏自觉羞辱不堪，便悬梁自缢而死。庄子将她尸身放入劈破棺木时，敲着瓦盆，依棺而歌。

这个故事，久已成了我们的民间传说之一。最初将庄子的两段话演为故事的在什么时代，我们已不能知道，然在宋金院本中，已有《庄周梦》的名目（见《辍耕录》）。其后元明人的杂剧中，更有几种关于这个故事的：《鼓盆歌庄子叹骷髅》一本（李寿卿作）、《老庄周一枕蝴蝶梦》一本（史九敬先作）、《庄周半世蝴蝶梦》一本（明无名氏作）。

这些剧本现在都已散逸，所可见到的只有《今古奇观》第二十回《庄子休鼓盆成大道》一篇东西。然诸院本杂剧所叙的故事，似可信其与《今古奇观》中所叙者无大区别。可知此故事的起源，必在南宋的时候，或更在其前。

四

韩凭妻的故事较庄周妻的故事更为严肃而悲惨。宋大夫韩凭，娶了一个妻子，生得十分美貌。宋康王强将凭妻夺来。凭悲愤自杀。凭妻悄悄地把她的衣服弄腐烂了。康王同她登高台远眺。她投身于台下而死。侍臣们急握其衣，却着手化为蝴蝶。（见《搜神记》）

由这个故事更演变出一个略相类的故事。《罗浮旧志》说："罗浮山有蝴蝶洞在云峰岩下，古木丛生，四时出彩蝶，世传葛仙遗衣所化。"

我少时住在永嘉，每见彩色斑斓的大凤蝶，双双地飞过墙头时，同伴的儿童们都指着它们而唱道："飞，飞！梁山伯、祝英台！"《山堂肆考》说："俗传大蝶出必成双，乃梁山伯、祝英台之魂，又韩凭夫妇之魂，皆不可晓。"梁祝的故事，与韩凭夫妻事是绝不相类的，是关于蝴蝶的最凄惨而又带有诗趣的一个恋爱的故事。这个故事的来源不可考，至现在则已成了最流传的民间传说。也许有人以为它是由韩凭夫妻的故事蜕化而出，然据我猜想，这个故事似与韩凭夫妻的故事没有什么关系。大约是也许有的地方流传着韩凭夫妻的故事，便以那飞的双凤蝶为韩凭夫妻。有的地方流传着梁山伯祝英台的故事，便以那双飞的凤蝶为梁山伯祝英台。

梁山伯是梁员外的独生子，他父亲早死了。十八岁时，别了母亲到杭州去读书。在路上遇见祝英台；祝英台是一个女子，假装为男子，也要到杭州去读书。二人结拜为兄弟，同到杭州一家书塾里攻学。同居了三年，山伯始终没有看出祝英台是女子。后来，英台告辞先生回家去了；临别时，悄悄地对师母说，她原是一个女子，并将她恋着山伯的情怀诉述出。山伯送英台走了一程；她屡以言挑探山伯，欲表明自己是女子，而山伯俱不悟。于是，她说道，她家中有一个妹妹，面貌与她一样，性情也与她一样，尚未订婚，叫他去求亲。二人就此相别。英台到了家中，时时恋念着山伯，怪他为什么好久不来求婚。后来，有一个马翰林来替他的儿子文才向英台父母求婚，他们竟答应了他。英台得知这个消息，心中郁郁不乐。这时，山伯在杭州也时时恋念着英台——是朋友的恋念。一天，师母见他忧郁不想读书的神情，知他是在想念着英台，便告诉他英台临别时所说的话，并述及英台之恋爱他。山伯大喜欲狂，立刻束装辞师，到英台住的地方来。不幸他来得太晚了，太晚了!英台已许与马家了！二人相见述及此事，俱十分的悲郁，山伯一回家便生了病，病中还一心恋念着英台。他母亲不得已，只得差人请英台来安慰他。英台来了，他的病觉得略好些。后来，英台回家了，他的病竟日益沉重而至于死。英台闻知他的死耗，心中悲抑痛不欲生。然她的喜期也到了。她要求须先将喜轿抬至山伯墓上，然后至马家，他们只得允许了她这个要求。她到了坟上，哭得十分伤心，欲把头撞死在坟石上，亏得丫鬟把她扯住了。然山伯的魂灵终于被她感动了，坟盖突然地裂开了。英台一见，急忙钻入坟中。他们来扯时，坟石又已合缝，只见她的裙儿飘在外面而不见人。后来他们去掘坟。坟掘开了，不但山伯的尸体不见，便连英台的尸体也没有了，只见两个大凤蝶由坟的破处飞到外面，飞上天去。他们知道二人是化蝶飞去了。

这个故事感动了不少民间的少年男女。看它的结束甚似《华山畿》的故事。《古今乐录》说：“华山畿者，宋少帝时《懊恼》一曲，亦变曲也。少帝时南徐一士子，从华山畿往云阳，见客舍有女子，年十八九。悦之无因，遂感心疾。母问其故，具以启母，母为至华山寻访，见女，具说，女闻感之，因脱蔽膝；令母密置其席下，卧之当已。少日果差。忽举席见蔽膝而抱持，遂吞食而死。气欲绝，谓母曰：‘葬时，车载从华山度。’母从其意。比至女门，牛不肯前，打拍不动。女曰：‘且待须臾。’装点沐浴既而出，歌曰：‘华山畿，君既为侬死，独活为谁施！欢若见怜时，棺木为侬开。’棺应声开。女遂入棺。家人扣打，无如之何，乃合葬，呼曰神女冢。”也许便是从《华山畿》的故事里演变而成为这个故事的。

五

梁山伯祝英台，以及韩凭夫妻，在人间不能成就他们的终久的恋爱，到了死后，却化为蝶而双双地栩栩地飞在天空，终日地相伴着。同时又有一个故事，却是蝶化为女子而来与人相恋的。《六朝录》言：刘子卿住在庐山，有五彩双蝶，来游花上，其大如燕。夜间，有两个女子来见他，说：“感君爱花间之物，故来相谐，君子其有意乎？”子卿笑曰：“愿伸缱绻。”于是这两个女子便每日到子卿住处来一次，至于数年之久。

蝶之化为女子，其故事仅见于上面的一则，然蝶却被我东方人视为较近于女性的东西。所以女子的名字用“蝶”字的不少，在日本尤其多（不过男子也有以蝶为名）。现在的舞女尚多用蝶花、蝶吉、蝶之助等名。私人的名字，如“谷超”（Kocho）或“超”（Cho），其意义即为蝴蝶。陆奥的地方，尚存称家中最幼之女为“太郭娜”（Tekona）之古俗，“太郭娜”即陆奥土语之蝴蝶。在古时，“太郭娜”这个名字又为一个美丽的妇人的别名。

然在中国蝶却又为人所视为轻薄无信的男子的象征。粉蝶栩栩地在花间飞来飞去，一时停在这朵花上，隔一瞬，又停在那一朵花上，正如情爱不专一的男子一样。又在我们中国最通俗的小说如《彭公案》之类的书，常见有花蝴蝶之名；这个名字是给予那些喜爱任何女子的色情狂的盗贼的。他们如蝴蝶之闻花的香气即飞去寻找一样，一见有什么好女子，便追踪于她们之后，而欲一逞。

在这个地方，所指的蝴蝶便与上文所举的不同，已变为一种慕逐女子的男性，并非上文所举的女性的象征了。所以，蝴蝶在我们东方的文学里，原是具有异常复杂的意义的。

六

蝶在我们东方，又常被视为人的鬼魂的显化。梁祝及韩凭的故事，似也有些受这个通俗的观念的感发。这种鬼魂显化的蝶，有时是男子显化的，有时是女子显化的。《春渚纪闻》说：“建安章国老之室宜兴潘氏，既归国老，不数岁而卒。其终之日，室中飞蝶散满，不知其数，闻其始生，亦复如此。即设灵席，每展遗像，则一蝶停立久久而去。后遇避讳之日，与曝像之次，必有一蝶随至，不论冬夏也。其家疑其为花月之神。”这个故事还未说蝶就是亡去少妇的魂。《癸辛杂识》所记的二事，乃直接地以蝶为人的魂化。“杨昊字明之，娶江氏少女，连岁得子。明之客死之明日，有蝴蝶大如掌，徊翔于江氏旁，竟日乃去。及闻讣，聚族而哭，其蝶复来，绕江氏，饮食起居不置也。盖明之未能割恋于少妻稚子，故化蝶以归尔。……杨大芳娶谢氏，亡未殓。有蝶大如扇，其色紫褐，翩翩自帐中徘徊飞集窗户间，终日乃去。”

日本的故事中，也有一则关于魂化为蝶的传说。东京郊外的某寺坟地之后，有一间孤零零立着的茅舍，是一个老人名为高滨（Takahama）的所住的房子。他很为邻居所爱，然同时人又多目之为狂。他并不结婚，所以只有一个人。人家也没有看见他与什么女子有关系。他如此孤独地住着，不觉已有五十年了。某一年夏天，他得了一病，自知不起，便去叫了弟媳及她的一个三十岁的儿子来伴他。某一个晴明的下午，弟媳与她的儿子在床前看视他，他沉沉地睡着了。这时有一只白色大蝶飞进屋，停在病人的枕上。老人的侄用扇去逐它，但逐了又来。后来它飞出到花园中，侄也追出去，追到坟地上。它只在他面前飞，引他深入坟地。他见这蝶飞到一个妇人坟上，突然地不见了。他见坟石上刻着这妇人名明子（Akiko），死于十八岁。这坟显然已很久了，绿苔已长满了坟石上。然这坟收拾得干净，鲜花也放在坟前，可见还时时有人在看顾她。这少年回到屋内时，老人已于睡梦中死了，脸上现出笑容。这少年告诉母亲在坟地上所见的事，他母亲道：“明子！唉！唉！”少年问道：“母亲，谁是明子？”母亲答道：“当你伯父少年时，他曾与一个可爱的女郎名明子的定婚。在结婚前不久，她患肺病而死。他十分的悲切。她葬后，他便宣言此后永不娶妻，且筑了这座小屋在坟地旁，以便时时可以看望她的坟。这已是五十年前的事了。在这五十年中，你伯父不问寒暑，天天到她坟上祷哭，且以物祭之。但你伯父对人并不提起这事。所以，现在，明子知他将死，便来接他。那大白蝶就是她的魂呀。”

在日本又有一篇名为《飞的蝶簪》的通俗戏本，其故事似亦是从鬼魂化蝶的这个概念里演变出。蝴蝶是一个美丽的女子，因被诬犯罪及受虐待而自杀。欲为她报仇的人怎么设法也寻不出那个害她的人。但后来，这个死去妇人的发簪，化成了一只蝴蝶，飞翔于那个恶汉藏身的所在之上面，指导他们去捉他，因此得报了仇。

七

《蝴蝶梦》一剧是中国古代很流行的剧本之一。宋金院本中有《蝴蝶梦》的一个名目，元剧中有关汉卿的一本《包待制三勘蝴蝶梦》，又有萧德祥的一本同名的剧本。现在关汉卿的一本尚存在于《元曲选》中。

这个戏剧的故事，也是关于蝴蝶的，与上面所举的几则却俱不同。大略是如此：王老生了三个儿子，都喜欢读书。一天，他上街替儿子们买些纸笔，走得乏了，在街上坐着歇息，不料因冲着马头，却被骑马的一个势豪名葛彪的打死了，三个儿子听见父亲为葛彪打死，便去寻他报仇，也把他打死了。他们都被捉进监狱。审判官恰是称为“中国的苏罗门”的包拯。当他大审此案之前，曾梦见自己走进一座百花烂漫的花园，见一个亭子上结下个蛛网，花间飞来一个蝴蝶，正打在网中，却又来了一个大蝴蝶，把它救出。后来，又来第二个蝴蝶打在网中，也被大蝴蝶救了。最后来了一个小蝴蝶，打在网上，却没有人救，那大蝴蝶两次三番只在花丛上飞，却不去救。包拯便动了恻隐之心，把这小蝴蝶放走了。醒来时，却正要审问王大、王二、王三打死葛彪的案子。他们三个人都承认葛彪是自己打死的，不干兄或弟的事。包拯说，只要一个人抵命，其他二人可以释出。便问他们的母亲，要哪一个去抵命。她说，要小的去。包拯道：“为什么？小的不是你养的么？”母亲悲哽地说道：“不是的，那两个，我是他们的继母，这一个是我的亲儿。”包拯为这个贤母的举动所感动，便想道：“梦见大蝴蝶救了两个小蝶，却不去救第三个，倒是我去救了他。难道便应在这一件事上么？”于是他假判道：“王三留此偿命。”同时却悄悄地设法，把王三也放走了。

八

还有两则放蝶的故事，也可以在最后叙一下。

唐开元的末年，明皇每至春时，即旦暮宴于宫中，叫嫔妃们争插艳花。他自己去捉了粉蝶来，又放了去。看蝶飞止在哪个嫔妃的上面，他便也去止宿于她的地方。后来因杨贵妃专宠，便不复为此戏。（见《开元天宝遗事》）

这一则故事，没有什么很深的意味，不过表现出一个淫逸的君王的逸事的一幕而已。底下的一则，事虽略觉滑稽，却很带着人道主义的精神。

长山王进士生为令时，每听讼，按律之轻重，罚令纳蝶自赎。堂上千百齐放，如风飘碎锦；王乃拍案大笑。一夜，梦一女子衣裳华好，从容而入曰：“遭君虐政，姊妹多物故，当使君先受风流之小谴耳。”言已，化为蝶，回翔而去。明日，方独酌署中，忽报直指使至，皇遽而去，闺中戏以素花簪冠上，忘除之，直指见之，以为不恭，大受斥骂而返。由是罚蝶令遂止。（见《聊斋志异》卷十五）

老舍（1899—1966），作家。有长篇小说《猫城记》《骆驼祥子》《四世同堂》，话剧《龙须沟》《茶馆》等。

五月的青岛

◇老　舍

樱花一开，青岛的风雾也挡不住草木的生长了。

因为青岛的节气晚，所以樱花照例是在四月下旬才能盛开。樱花一开，青岛的风雾也挡不住草木的生长了。海棠，丁香，桃，梨，苹果，藤萝，杜鹃，都争着开放，墙角路边也都有了嫩绿的叶儿。五月的岛上，到处花香，一清早便听见卖花声。公园里自然无须说了，小蝴蝶花与桂竹香们都在绿草地上用它们的娇艳的颜色结成十字，或绣成几团；那短短的绿树篱上也开着一层白花，似绿枝上挂了一层春雪。就是路上两旁的人家也少不得有些花草：围墙既矮，藤萝往往顺着墙把花穗儿悬在院外，散出一街的香气；那双樱，丁香，都能在墙外看到，双樱的明艳与丁香的素丽，真是足以使人眼明神爽。

山上有了绿色，嫩绿，所以把松柏们比得发黑了一些。谷中不但填满了绿色，而且颇有些野花，有一种似紫荆而色儿略略发蓝的，折来很好插瓶。

青岛的人怎能忘下海呢，不过，说也奇怪，五月的海仿佛特别的绿，特别的可爱；也许是因为人们心里痛快吧？看一眼路旁的绿叶，再看一眼海，真的，这才明白了什么叫做“春深似海”。绿，鲜绿，浅绿，深绿，黄绿，灰绿，各种的绿色，联接着，交错着，变化着，波动着，一直绿到天边，绿到山脚，绿到渔帆的外边去。风不凉，浪不高，船缓缓的走，燕低低的飞，街上的花香与海上的咸味混到一处，浪漾在空中，水在面前，而绿意无限，可不是，春深似海！欢喜，要狂歌，要跳入水中去，可是只能默默无言，心好像飞到天边上那将将能看到的小岛上去，一闭眼仿佛还看见一些桃花。人面桃花相映红，必定是在那小岛上。

这时候，遇上风与雾便还须穿上棉衣，可是有一天忽然响晴，夹衣就正合适。但无论怎样说吧，人们反正都放了心——不会大冷了，不会。妇女们最先知道这个，早早的就穿出利落的新装，而且决定不再脱下去。海岸上，微风吹动少女们的发与衣，何必再去到电影院找那有画意的景儿呢！这里是初春浅夏的合响，风里带着春寒，而花草山水又似初夏，意在春而景如夏，姑娘们总先走一步，迎上前去，跟花们竞争一下，女性的伟大不是颓废诗人所能明白的。

人似乎随着花草都复活了，学生们特别的忙：换制服，开运动会，到崂山丹山去旅行，服劳役。本地的学生忙，别处的学生也来参观，几个，几十，几百，打着旗子来了，又排着队走开，男的，女的，先生，学生，都累得满头是汗，而仍不住的向那大海丢眼。学生以外，该数小孩最快活，笨重的衣服脱去，可以到公园跑跑了；一冬天不见猴子了，现在又带着花生去喂猴子，看鹿。拾花瓣，在草地上打滚；妈妈说了，过几天还有大红樱桃吃呢！

马车都新油饰过，马虽依然清瘦，而车辆体面了许多，好做一夏天的买卖呀。新油过的马车穿过街心，那专做夏天生意的咖啡馆，酒馆，旅社，饮冰室，也找来油漆匠，扫去灰尘，油饰一新。油漆匠在手架上忙，路旁也增多了由各处来的舞女。预备呀，忙碌呀，都红着眼等着那避暑的外国战舰与各处的阔人。多咱浴场上有了人影与小艇，生意便比花草还茂盛呀。到那时候，青岛几乎不属于青岛的人了，谁的钱更多谁更威风，汽车的眼是不会看山水的。

那么，且让我们自己尽量的欣赏五月的青岛吧！

大明湖之春

◇老　舍

济南简直可以说没有春天；那么，大明湖之春更无从说起。

北方的春本来就不长，还往往被狂风给七手八脚的刮了走。济南的桃李丁香与海棠什么的，差不多年年被黄风吹得一干二净，地暗天昏，落花与黄沙卷在一处，再睁眼时，春已过去了！记得有一回，正是丁香乍开的时候，也就是下午两三点钟吧，屋中就非点灯不可了；风是一阵比一阵大，天色由灰而黄，而深黄，而黑黄，而漆黑，黑得可怕。第二天去看院中的两株紫丁香，花已像煮过一回，嫩叶几乎全破了！济南的秋冬，风倒很少，大概都留在春天刮呢。

有这样的风在这儿等着，济南简直可以说没有春天；那么，大明湖之春更无从说起。

济南的三大名胜，名字都起得好：千佛山、趵突泉、大明湖，都多么响亮好听！一听到“大明湖”这三个字，便联想到春光明媚和湖光山色，等等，而心中浮现出一幅美景来。事实上，可是，它既不大，又不明，也不湖。

湖中现在已不是一片清水，而是用坝划开的多少块“地”。“地”外留着几条沟，游艇沿沟而行，即是逛湖。水田不需要多么深的水，所以水黑而不清；也不要急流，所以水定而无波。东一块莲，西一块蒲，土坝挡住了水，蒲苇又遮住了莲，一望无景，只见高高低低的“庄稼”。艇行沟内，如穿高梁地然，热气腾腾，碰巧了还臭气烘烘。夏天总算还好，假若水不太臭，多少总能闻到一些荷香，而且必能看到些绿叶儿。春天，则下有黑汤，旁有破烂的土坝；风又那么野，绿柳新蒲东倒西歪，恰似挣命。所以，它即不大，又不明，也不湖。

话虽如此，这个湖到底得算个名胜。湖之不大与不明，都因为湖已不湖。假若能把“地”都收回，拆开土坝，挖深了湖身，它当然可以马上既大且明起来：湖面原本不小，而济南又有的是清凉的泉水呀。这个，也许一时做不到。不过，即使做不到这一步，就现状而言，它还应当算作名胜。北方的城市，要找有这么一片水的，真是好不容易了。千佛山满可以不算数儿，配作个名胜与否简直没多大关系。因为山在北方不是什么难找的东西呀。水，可太难找了。济南城内据说有七十二泉，城外有河，可是还非有个湖不可。泉，池，河，湖，四者俱备，这才显出济南的特色与可贵。它是北方唯一的“水城”，这个湖是少不得的。设若我游湖时，只见沟而不见湖，请到高处去看看吧，比如在千佛山上往北眺望，则见城北灰绿的一片——大明湖；城外，华鹊二山夹着弯弯的一道灰亮光儿——黄河。这才明白了济南的不凡，不但有水，而且是这样多呀。

况且，湖景若无可观，湖中的出产可是很名贵呀。懂得什么叫作美的人或者不如懂得什么好吃的人多吧，游过苏州的往往只记得此地的点心，逛过西湖的提起来便念叨那里的龙井茶，藕粉与莼菜什么的，吃到肚子里的也许比一过眼的美景更容易记住，那么大明湖的蒲菜，茭白，白花藕，还真许是它驰名天下的重要原因呢。不论怎么说吧，这些东西既都是水产，多少总带者些南国风味；在夏天，青菜挑子上带着一束束的大白莲花蓇葖出卖，在北方大概只有济南能这么“阔气”。

我写过一本小说——《大明湖》——在一二八与商务印书馆一同被火烧掉了。记得我描写过一段大明湖的秋景，词句全想不起来了，只记得是什么什么秋。桑子中先生给我画过一张油画，也画的是大明湖之秋，现在还在我的屋中挂着。我写的，他画的，都是大明湖，而且都是大明湖之秋，这里大概有点意思。对了，只是在秋天，大明湖才有些美呀。济南的四季，唯有秋天最好，晴暖无风，处处明朗。这时候，请到城墙上走走，俯视秋湖，败柳残荷，水平如镜；唯其是秋色，所以连那些残破的土坝也似乎正与一切景物配合：土坝上偶尔有一两截断藕，或一些黄叶的野蔓，配着三五枝芦花，确是有些画意。“庄稼”已都收了，湖显着大了许多，大了当然也就显着明。不仅是湖宽水净，显着明美，抬头向南看，半黄的千佛山就在面前，开元寺那边的“橛子”——大概是塔个塔吧——静静的立在山头上。往北看，城外的河水很清，菜畦中还生着短短的绿叶。往南往北，往东往西，看吧，处处空阔明朗，有山有湖，有城有河，到这时候；我们真得到个“明”字了。桑先生那张画便是在北城墙上面的，湖边只有几株秋柳，湖中只有一只游艇，水作灰蓝色，柳叶儿半黄。湖外，他画上了千佛山；湖光山色，联成一幅秋图，明朗，素净，柳梢上似乎吹着点不大能觉出来的微风。

对不起，题目是大明湖之春，我却说了大明湖之秋，可谁教亢德先生出错了题呢！

北京的春节

◇老　舍

北京虽是城市，可是它也跟着农村社会一齐过年，而且过得分外热闹。

按照北京的老规矩，过农历的新年（春节），差不多在腊月的初旬就开始了。“腊七腊八，冻死寒鸦”，这是一年里最冷的时候。可是，到了严冬，不久便是春天，所以人们并不因为寒冷而减少过年与迎春的热情。在腊八那天，人家里，寺观里，都熬腊八粥。这种特制的粥是祭祖祭神的，可是细一想，它倒是农业社会的一种自傲的表现——这种粥是用各种的米，各种的豆，与各种的干果（杏仁、核桃仁、瓜子、荔枝肉、莲子、花生米、葡萄干、菱角米……）熬成的。这不是粥，而是小型的农业展览会。

腊八这天还要泡腊八蒜。把蒜瓣在这天放到醋里，封起来，为过年吃饺子用的。到年底，蒜泡得色如翡翠，而醋也有了些辣味，色味双美，使人忍不住要多吃几个饺子。在北京，过年时，家家吃饺子。

从腊八起，铺户就加紧地上年货，街上加多了货摊子——卖春联的、卖年画的、卖蜜供的、卖水仙花的等都是只在这一季节才会出现的。这些赶年的摊子都教儿童们的心跳得特别快一些。在胡同里，吆喝的声音也比平时更多更复杂起来，其中也有仅在腊月才出现的，像卖宪书的、松枝的、薏仁米的、年糕的等。

在有皇帝的时候，学童们到腊月十九就不上学了，放年假一月。儿童们准备过年，差不多第一件事就是买杂拌儿。这是用各种干果（花生、胶枣、榛子、栗子等）与蜜饯掺和成的，普通的带皮，高级的没有皮——例如：普通的用带皮的榛子，高级的用榛瓤儿。儿童们喜吃这些零七八碎儿，即使没有饺子吃，也必须买杂拌儿。他们的第二件大事是买爆竹，特别是男孩子们。恐怕第三件事才是买玩意儿——风筝、空竹、口琴和年画儿。

儿童们忙乱，大人们也紧张。他们须预备过年吃的使的喝的一切。他们也必须给儿童赶做新鞋新衣，好在新年时显出万象更新的气象。

腊月二十三过小年，差不多就是过新年的“彩排”。在旧社会里，这天晚上家家祭灶王，从一擦黑儿鞭炮就响起来，随着炮声把灶王的纸像焚化，美其名叫送灶王上天。在前几天，街上就有好多卖麦芽糖与江米糖的，糖形或为长方块或为瓜形。按旧日的说法：有糖粘住灶王的嘴，他到了天上就不会向玉皇报告家庭中的坏事了。现在，还有卖糖的，但是只由大家享用，并不再粘灶王的嘴了。

过了二十三，大家就更忙起来，新年眨眼就到了啊。在除夕以前，家家必须把春联贴好，必须大扫除一次，名曰扫房。必须把肉、鸡、鱼、青菜、年糕什么的都预备充足，至少足够吃用一个星期的——按老习惯，铺户多数关五天门，到正月初六才开张。假若不预备下几天的吃食，临时不容易补充。还有，旧社会里的老妈妈们，讲究在除夕把一切该切出来的东西都切出来，省得在正月初一到初五再动刀，动刀剪是不吉利的。这含有迷信的意思，不过它也表现了我们确是爱和平的人，在一岁之首连切菜刀都不愿动一动。

除夕真热闹。家家赶做年菜，到处是酒肉的香味。老少男女都穿起新衣，门外贴好红红的对联，屋里贴好各色的年画，哪一家都灯火通宵，不许间断，炮声日夜不绝。在外边做事的人，除非万不得已，必定赶回家来，吃团圆饭，祭祖。这一夜，除了很小的孩子，没有什么人睡觉，都要守岁。

正月初一的光景与除夕截然不同：除夕，街上挤满了人；正月初一，铺户都上着板子，门前堆着昨夜燃放的爆竹纸皮，全城都在休息。

男人们在午前就出动，到亲戚家，朋友家去拜年。女人们在家中接待客人。同时，城内城外有许多寺院开放，任人游览，小贩们在庙外摆摊，卖茶、食品和各种玩具。北城外的大钟寺，西城外的白云观，南城的火神庙（厂甸）是最有名的。可是，开庙最初的两三天，并不十分热闹，因为人们还正忙着彼此贺年，无暇及此。到了初五六，庙会开始风光起来，小孩们特别热心去逛，为的是到城外看看野景，可以骑毛驴，还能买到那些新年特有的玩具。白云观外的广场上有赛轿车赛马的；在老年间，据说还有赛骆驼的。这些比赛并不争取谁第一谁第二，而是在观众面前表演骡马与骑者的美好姿态与技能。

多数的铺户在初六开张，又放鞭炮，从天亮到清早，全城的炮声不绝。虽然开了张，可是除了卖吃食与其他重要日用品的铺子，大家并不很忙，铺中的伙计们还可以轮流着去逛庙、逛天桥和听戏。

元宵（汤圆）上市，新年的高潮到了——元宵节（从正月十三到十七）。除夕是热闹的，可是没有月光；元宵节呢，恰好是明月当空。元旦是体面的，家家门前贴着鲜红的春联，人们穿着新衣裳，可是它还不够美。元宵节，处处张灯结彩，整条的大街像是办喜事，火红而美丽。有名的老铺都要挂出几百盏灯来，有的一律是玻璃的，有的清一色是牛角的，有的都是纱灯；有的各形各色，有的通通彩绘全部《红楼梦》或《水浒传》故事。这在当年，也是一种广告；灯一悬起，任何人都可以进到铺中参观；晚间灯中都点上烛，观者就更多。这广告可不庸俗。干果店在灯节还要做一批杂拌儿生意，所以每每独出心裁的，制成各样的冰灯，或用麦苗做成一两条碧绿的长龙，把顾客招来。

除了悬灯，广场上还放花合。在城隍庙里并且燃起火判，火舌由判官的泥像的口、耳、鼻、眼中吐出来。公园里放起天灯，像巨星似的飞到天空。

男男女女都出来踏月、看灯、看焰火；街上的人拥挤不动。在旧社会里，女人们轻易不出门，她们可以在灯节里得到些自由。

小孩子们买各种花炮燃放，即使不跑到街上去淘气，在家中照样能有声有光地玩耍。家中也有灯：走马灯——原始的电影——宫灯、各形各色的纸灯，还有纱灯，里面有小铃，到时候就叮叮地响。大家还必须吃汤圆呀。这的确是美好快乐的日子。

一眨眼，到了残灯末庙，学生该去上学，大人又去照常做事，新年在正月十九结束了。腊月和正月，在农村社会里正是大家最闲在的时候，而猪牛羊等也正长成，所以大家要杀猪宰羊，酬劳一年的辛苦。过了灯节，天气转暖，大家就又去忙着干活了。北京虽是城市，可是它也跟着农村社会一齐过年，而且过得分外热闹。

方志敏（1900—1935），江西弋阳人，革命烈士。著有《可爱的中国》等。

可爱的中国

◇方志敏

我们相信，中国一定有个可赞美的光明前途。

朋友！中国是生育我们的母亲。你们觉得这位母亲可爱吗？我想你们是和我一样的见解，都觉得这位母亲是蛮可爱蛮可爱的。以言气候，中国处于温带，不十分热，也不十分冷，好像我们母亲的体温，不高不低，最适宜于孩儿们的偎依。以言国土，中国土地广大，纵横万数千里，好像我们的母亲是一个身体魁大、胸宽背阔的妇人，不像日本姑娘那样苗条瘦小。中国许多有名的崇山大岭，长江巨河，以及大小湖泊，岂不象征着我们母亲丰满坚实的肥肤上之健美的肉纹和肉窝？中国土地的生产力是无限的；地底蕴藏着未开发的宝藏也是无限的；废置而未曾利用起来的天然力，更是无限的；这又岂不象征着我们的母亲，保有着无穷的乳汁，无穷的力量，以养育她四万万七千万的孩儿？我想世界上再没有比她养得更多的孩子的母亲吧。至于说到中国天然风景的美丽，我可以说，不但是雄巍的峨眉，妩媚的西湖，幽雅的雁荡，与夫“秀丽甲天下”的桂林山水，可以傲睨一世，令人称羡；其实中国是无地不美，到处皆景，自城市以至乡村，一山一水，一丘一壑，只要稍加修饰和培植，都可以成流连难舍的胜景；这好像我们的母亲，她是一个天资玉质的美人，她的身体的每一部分，都有令人爱慕之美。中国海岸线之长而且弯曲，照现代艺术家说来，这象征我们母亲富有曲线之美吧。咳！母亲！美丽的母亲，可爱的母亲，只因你受着人家的压榨和剥削，弄成贫穷已极；不但不能买一件新的好看的衣服，把你自己装饰起来；甚至不能买块香皂将你全身洗擦洗擦，以致现出怪难看的一种憔悴褴褛和污秽不洁的形容来！啊！我们的母亲太可怜了，一个天生的丽人，现在却变成叫化的婆子！站在欧洲、美洲各位华贵的太太面前，固然是深愧不如，就是站在那日本小姑娘面前，也自惭形秽得很呢！

听着！朋友！母亲躲到一边去哭泣了，哭得伤心得很呀！她似乎在骂着：“难道我四万万七千万的孩子，都是白生了吗？难道他们真像着了魔的狮子，一天到晚的睡着不醒吗？难道他们不知道自己伟大的团结力量，去与残害母亲、剥削母亲的敌人斗争吗？难道他们不想将母亲从敌人手里救出来，把母亲也装饰起来，成为世界上一个最出色、最美丽、最令人尊敬的母亲吗？”朋友，听到没有母亲哀痛的哭骂？是的，是的，母亲骂得对，十分对！我们不能怪母亲好哭，只怪得我们之中出了败类，自己压制自己，眼睁睁的望着我们这位挺慈祥美丽的母亲，受着许多无谓的屈辱，和残暴的蹂躏！这真是我们做孩子们的不是了，简直连一位母亲都爱护不住了！

朋友，看呀！看呀！那名叫“帝国主义”的恶魔的面貌是多么难看呀！在中国许多神怪小说上，也寻不出一个妖精鬼怪的面貌，会有这些恶魔那样地狞恶可怕！满脸满身都是毛，好像他们并不是人，而是人类中会吃人的猩猩！他们的血口，张开起来，好似无底的深洞，几千几万几千万的人类，都会被他们吞下去！他们的牙齿，尤其是那伸出口外的獠牙，十分锐利，发出可怕的白光！他们的手，不，不是手呀，而是僵硬硬的铁爪，那么难看的恶魔，那么狰狞可怕的恶魔！一，二，三，四，五，朋友，五个可怕的恶魔，正在包围着我们的母亲呀！朋友，看呀，看到了没有？呸！那些恶魔将母亲搂住呢！用他们的血口，去亲她的嘴，她的脸，用他们的铁爪，去抓破她的乳头，她的可爱的肥肤！呀！看呀！那个戴着粉白的假面具的恶魔，在做什么？他弯身伏在母亲的胸前，用一枝锐利的金管子，刺进，呀！刺进母亲的心口，他的血口，套到这金管子上，拼命地吸母亲的血液！母亲多么痛呵，痛得嘴唇都成白色了，噫，其他的恶魔也照样做吗？看！他们都拿出各种金的、铁的或橡皮的管子，套住在母亲身上被他们铁爪抓破流血的地方，都拼命吸起血液来了！母亲，你有多少血液，不要一下子就被他们吸干了吗？

嗄！那矮矮的恶魔，拿出一把屠刀来了！做什么！呸！恶魔！你敢割我们母亲的肉？你想杀死她？咳哟！不好了！一刀！拍的一刀！好大胆的恶魔，居然向我们的母亲的左肩上砍下去！母亲的左臂，连着耳朵到颈，直到胸膛，都被砍下来了！砍下了身体的那么一大块——五分之一的那么一大块！母亲的血在涌流出来，她不能哭出声来，她的嘴唇只是在那里一张一张的动，她的眼泪和血在竞着涌流！朋友们！兄弟们！救救母亲呀！母亲快要死去了！

啊！那矮的恶魔怎么那样凶恶，竟将母亲那么一大块身体，就一口生吞下去，还在那里眈眈地望着，像一只恶虎向着驯羊一样地望着！恶魔！你还想砍，还想割，还想把我们的母亲整个吞下去？！兄弟们！无论如何不能与它甘休！它砍下而且生吞下去母亲那么一大块身体！母亲现在还像一个人吗，缺了五分之一的身体？美丽的母亲，变成一个血迹模糊肢体残缺的人了。兄弟们，无论如何，不能与它甘休，大家冲上去，捉住那只恶魔，用铁拳痛痛地捶它，捶得它张开口来，吐出那块被生吞下去的母亲身体，才算，决不能让它在恶魔的肚子里消化了去，成了它的滋养料！我们一定要回来一个完整的母亲，绝对不能让她的肢体残缺呀！

呸！那是什么人？他们也是中国人，也是母亲的孩子？那么为什么去帮助恶魔来杀害自己的母亲呢？你们看！他们在恶魔持刀向母亲身上砍的时候，很快地就把砍下来的那块身体，双手捧到恶魔血口中去！他们用手拍拍恶魔的喉咙，使它快吞下去；现在又用手去摸摸恶魔的肚皮，增进它的胃之消化力，好让快点消化下去。他们都是所谓高贵的华人，怎样会那么恭顺的秉承恶魔的意旨行事？委曲求欢，丑态百出！可耻，可耻！傀儡，卖国贼！狗彘不食的东西！狗彘不食的东西！你们帮助恶魔来杀害自己的母亲，来杀害自己的兄弟，到底会得到什么好处？！我想你们这些无耻的人们呵！你们当傀儡、当汉奸、当走狗的代价，至多只能伏在恶魔的肛门边或小便上，去吸取它把母亲的肉，母亲的血消化完了排泄出来的一点粪渣和尿滴！那是多么可鄙弃的人生啊！

朋友，看！其余的恶魔，也都拔出刀来，馋涎欲滴地望着母亲的身体，难道也像矮的恶魔一样来分割母亲吗？啊！不得了，他们如果都来操刀而割，母亲还能活命吗？她还不会立即死去吗？那时，我们不要变成了无母亲的孩子吗？咳！亡了母亲的孩子，不是到处更受人欺负和侮辱吗？朋友们，兄弟们，赶快起来，救救母亲呀！无论如何，不能让母亲死亡的呵！

朋友，你们以为我在说梦呓吗？不是的，不是的，我在呼喊着大家去救母亲呵！再迟些时，她就要死去了。

朋友，从崩溃毁灭中，救出中国来，从帝国主义恶魔生吞活剥下，救出我们垂死的母亲来，这是刻不容缓的了 。但是，到底怎样去救呢？是不是由我们同胞中，选出几个最会做文章的人，写上一篇十分娓娓动听的文告或书信，去劝告那些恶魔停止侵略呢？还是挑选几个最会演说、最长于外交辞令的人，去向他们游说，说动他们的良心，自动的放下屠刀不再宰割中国呢？抑或挑选一些顶善哭泣的人，组成哭泣团，到他们面前去，长跪不起，哭个七日七夜，哭动他们的慈心，从中国撤手回去呢？再或者……我想不讲了，这些都不会丝毫有效的。哀求帝国主义不侵略和灭亡中国，那岂不等于哀求老虎不吃肉？那是再可笑也没有了。我想，欲求中国民族的独立解放，决不是哀告、跪求哭泣所能济事，而是唤起全国民众起来斗争，都手执武器，去与帝国主义进行神圣的民族革命战争，将他们打出中国去，这才是中国唯一的出路，也是我们救母亲的唯一方法，朋友，你们说对不对呢？

朋友，不幸得很，从此以后，中国又走上了厄运，环境又一天天地恶劣起来了。经过“五·三”的济南惨案，直到“九·一八”，日本帝国主义公然出兵占领了中国东北四省，就是我在上面所说那矮的恶魔，一刀砍下并生吞了我们母亲五分之一的身体。这是由于中国民族革命运动，受了挫折，对于日本进攻中国采取了“不抵抗主义”，没有积极唤起国人自救所致！但是，朋友，接着这一不幸的事件而起的，却来了全国汹涌的抗日救国运动，东北四省前仆后继的义勇军的抗战，以及“一二·八”有名的上海战争。这些是给了骄横一世的日本军阀一个严重的教训，并在全世界人类面前宣告，中国的人民和兵士，是有爱国心的，是能够战斗的，能够为保卫中国而牺牲的。谁要想将有四千年历史与四万万七千万人口的中国民族吞噬下去，我们是会与他们拼命战斗到最后的一人！

朋友，虽然在我们之中，有汉奸，有傀儡，有卖国贼，他们认仇作父，为虎作伥；但他们那班可耻的人，终究是少数，他们已经受到国人的抨击和唾弃，而渐趋于可鄙的结局。大多数的中国人，有良心有民族热情的中国人，仍然是热心爱自己的国家的。现在不是有成千成万的人在那里决死战斗吗？他们决不让中国被帝国主义所灭亡，决不让自己和子孙们做亡国奴。朋友，我相信中国民族必能从战斗中获救，这岂是我们的自欺自誉吗？

不错，目前的中国，固然是江山破碎，国弊民穷，但谁能断言，中国没有一个光明的前途呢？不，决不会的，我们相信，中国一定有个可赞美的光明前途。中国民族在很早以前，就造起了一座万里长城和开凿了几千里的运河，这就证明中国民族伟大无比的创造力！中国在战斗之中一旦斩去了帝国主义的锁链，肃清自己阵线内的汉奸卖国贼，得到了自由与解放，这种创造力，将会无限的发挥出来。到那时，中国的面貌将会被我们改造一新。所有贫穷和灾荒，混乱和仇杀，饥饿和寒冷，疾病和瘟疫，迷信和愚昧，以及那慢性的杀灭中国民族的鸦片毒物，这些等等都是帝国主义带给我们的可憎的赠品，将来也要随着帝国主义的赶走而离去中国了。朋友，我相信，到那时，到处都是活跃跃的创造，到处都是日新月异的进步，欢歌将代替了悲叹，笑脸将代替了哭脸，富裕将代替了贫穷，康健将代替了疾苦，智慧将代替了愚昧，友爱将代替了仇杀，生之快乐将代替了死之悲哀，明媚的花园，将代替了凄凉的荒地！这时，我们民族就可以无愧色地立在人类的面前，而生育我们的母亲，也会最美丽地装饰起来，与世界上各位母亲平等地携手了。

这么光荣的一天，决不在遥远的将来，而在很近的将来，我们可以这样相信的，朋友！

鲁彦（1901—1944），浙江镇海人。现代作家，曾在中学任教和编辑报纸副刊。著有长篇小说《愤怒的乡村》，散文集《随踪琐记》等。

雪

◇鲁　彦

眼前雪花飞舞着的世界，就是最现实的现实。

美丽的雪花飞舞起来了。我已经有三年不曾见着它。去年在福建，仿佛比现在更迟一点，也曾见过雪。但那是远处山顶的积雪，可不是飞舞着的雪花。在平原上，它只是偶然地随着雨点洒下来几颗，没有落到地面的时候。它的颜色是灰的，不是白色；它的重量像是雨点，并不会飞舞。一到地面，它立刻融成了水，没有痕迹，也未尝跳跃，也未尝发出窸窣的声音，像江浙一带下雪子时的模样。这样的雪，在四十年来第一次看见它的老年的福建人，诚然能感到特别的意味，谈得津津有味，但在我，却总觉得索然。“福建下过雪”，我可没有这样想过。我喜欢眼前飞舞着的上海的雪花。它才是“雪白”的白色，也才是花一样的美丽。它好像比空气还轻，并不从半空里落下来，而是被空气从地面卷起来的。然而它又像是活的生物，像夏天黄昏时候的成群的蚊蚋，像春天流蜜时期的蜜蜂，它忙碌地飞翔，或上或下，或快或慢，或粘着人身，或拥入窗隙，仿佛自有它自己的意志和目的。它静默无声。但在它飞舞的时候，我们似乎听见了千百万人马的呼号和脚步声，大海的汹涌的波涛声，森林的狂吼声，有时又似乎听见了情人的窃窃的密语声，礼拜堂的平静的晚祷声，花园里的欢乐的鸟歌声……它所带来的是阴沉与严寒。但在它的飞舞的姿态中，我们看见了慈善的母亲，柔和的情人，活泼的孩子，微笑的花，温暖的太阳，静默的晚霞……它没有气息。但当它扑到我们面上的时候，我们似乎闻到了旷野间鲜洁的空气的气息，山谷中幽雅的兰花的气息，花园里浓郁的玫瑰的气息，清淡的茉莉花的气息……在白天，它做出千百种婀娜的姿态；夜间，它发出银色的光辉，照耀着我们行路的人，又在我们的玻璃窗上礼札地绘就了各式各样的花卉和树木，斜的，直的，弯的，倒的；还有那河流，那天上的云……

现在，美丽的雪花飞舞了。我喜欢，我已经有三年不曾见着它。我的喜欢有如四十年来第一次看见它的老年的福建人。但是，和老年的福建人一样，我回想着过去下雪时候的生活，现在的喜悦就像这钻进窗隙落到我桌上的雪花似的，渐渐融化，而且立刻消失了。

记得某年在北京的一个朋友的寓所里，围着火炉，煮着全中国最好的白菜和面，喝着酒，剥着花生，谈笑得几乎忘记了身在异乡；吃得满面通红，两个人一路唱着，一路踏着吱吱地叫着的雪，踉跄地从东长安街的起头踱到西长安街的尽头，又忘记了正是异乡最寒冷的时候。这样的生活，和今天的一比，不禁使我感到惘然。上海的朋友们都像是工厂里的机器，忙碌得一刻没有休息；而在下雪的今天，他们又叫我一个人看守着永不会有人或电话来访问的房子。这是多么孤单，寂寞，乏味的生活。

“没有意思！”我听见过去的我对今天的我这样说了。正像我在福建的时候，对四十年来第一次看见雪的老年的福建人所说的一样。

但是，另一个我出现了。他是足以对着过去的北京的我射出骄傲的眼光来的我。这个我，某年在南京下雪的时候，曾经有过更快活的生活：雪落得很厚，盖住了一切的田野和道路。我和我的爱人在一片荒野中走着。我们辨别不出路径来，也并没有终止的目的。我们只让我们的脚欢喜怎样就怎样。我们的脚常常欢喜踏在最深的沟里。我们未尝感到这是旷野，这是下雪的时节。我们仿佛是在花园里，路是平坦的，而且是柔软的。我们未尝觉得一点寒冷，因为我们的心是热的。

“没有意思！”我听见在南京的我对在北京的我这样说了。正像在北京的我对着今天的我所说的一样，也正像在福建的我对着四十年来第一次看见雪的老年的福建人所说的一样。

然而，我还有一个更可骄傲的我在呢。这个我，是有过更快乐的生活的，在故乡：冬天的早晨，当我从被窝里伸出头来，感觉到特别的寒冷，隔着蚊帐望见天窗特别的阴暗，我就首先知道外面下了雪了。“雪落啦白洋洋，老虎拖娘娘……”这是我躺在被窝里反复地唱着的欢迎雪的歌。别的早晨，照例是母亲和姊姊先起床，等她们煮熟了饭，拿了火炉来，代我烘暖了衣裤鞋袜，才肯钻出被窝，但是在下雪天，我就有了最大的勇气。我不需要火炉，雪就是我的火炉。我把它捻成了团，捧着，丢着。我把它堆成了个和尚，在它的口里，插上一支香烟。我把它当做糖，放在口里。地上的厚的积雪，是我的地毡，我在它上面打着滚，翻着筋斗。它在我的底下发出嗤嗤的笑声，我在它上面哈哈地回答着。我的心是和它合一的。我和它一样的柔和，和它一样的洁白。我同它到处跳跃，我同它到处飞跑着。我站在屋外，我愿意它把我造成一个雪和尚。我躺在地上愿意它像母亲似的在我身上盖下柔软的美丽的被窝。我愿意随着它在空中飞舞。我愿意随着它落在人的肩上。我愿意雪就是我，我就是雪。我年轻。我有勇气。我有最宝贵的生命的力。我不知道忧虑，不知道苦恼和悲哀……

“没有意思！你这老年人！”我听见幼年的我对着过去的那些我这样说了。正如过去的那些我骄傲地对别人所说的一样。

不错，一切的雪天的生活和幼年的雪天的生活一比，过去的和现在的喜悦就像这钻进窗隙落到我桌上的雪花一样，渐渐融化，而且立刻消失了。

然而对着这时穿着一袭破单衣，站在屋角里发抖的或竟至于僵死在雪地上的穷人，则我的幼年时候快乐的雪天生活的意义，又如何呢？这个他对着这个我，不也在说着“没有意思！”的话吗？

而这个死有完肤的他，对着这时正在零度以下的长城下，捧着冻僵了的机关枪，即将被炮弹打成雪片似的兵士，则其意义又将怎样呢？“没有意思！”这句话，该是谁说呢？

天呵，我不能再想了。人间的欢乐无平衡，人间的苦恼亦无边限。世界无终极之点，人类亦无末日之时。我既生为今日的我，为什么要追求或留恋今日的我以外的我呢？今日的我虽说是寂寞地孤单地看守着永没有人或电话来访问的房子，但既可以安逸地躲在房子里烤着火，避免风雪的寒冷；又可以隔着玻璃，诗人一般地静默地鉴赏着雪花飞舞的美的世界，不也是足以自满的吗？

抓住现实。只有现实是最宝贵的。

眼前雪花飞舞着的世界，就是最现实的现实。

看呵！美丽的雪花飞舞着呢。这就是我三年来相思着而不能见到的雪花。

徐蔚南（1902—1952），笔名泽人。江苏吴县人。主要作品有散文集《春之花》《寄云的信》《水面桃花》《浦游简》。译著主要有《她的一生》《法国名家小说选》《印度童话集》《莫泊桑小说集》等。

快阁的紫藤花

◇徐蔚南

啊，紫藤花！你常住在这诗集里吧。

细雨，百无聊赖之时，偶然从《花间集》里翻出了一朵小小枯槁的紫藤花，花色早褪了，花香早散了。啊，紫藤花！你真令人怜爱呢。岂仅怜爱你，我还怀念着你的姊妹们——一架白色的紫藤，一架青莲色的紫藤——在那个园中静悄悄地消受了一宵冷雨，不知今朝还能安然无恙否？

啊，紫藤花！你常住在这诗集里吧；你是我前周畅游快阁的一个纪念。

快阁是陆放翁饮酒赋诗的故居，离城西南三里，正是鉴湖绝胜之处；去岁初秋，我曾经去过了，寒中又重游一次，上周复去是第三次了。但前两次都没有给我多大印象，这次去后，情景不同了，快阁的景物时时在眼前显现——尤其使人难忘的，便是那园中的两架紫藤。

快阁临湖而建，推窗外望：远处是一带青山，近处是隔湖的田亩。田亩间分成红绿黄三色：红的是紫云英，绿的是豌豆叶，黄的是油菜花。一片一片互相间着，美丽得远胜人间锦绣。东向，丛林中，隐约间露出一个塔尖，尤有诗意，桨声渔歌又不时从湖面飞来，这样的景色，晴天固然好，雨天也必神妙，诗人居此，安得不颓放呢？放翁自己说：

“桥如虹，水如空，一叶飘然烟雨中，天教称放翁。”是的，确然天叫他称放翁的。

阁旁有花园二，一在前，一在后。前面的一个又以墙壁分成为二，前半叠假山，后半凿小池。池中植荷花；如在夏日，红莲白莲盖满一池，自当另有一番风味。池前有春花秋月楼，楼下有匾额曰“飞跃处”，此是指池鱼言。其实，池中只有很小很小的小鱼，要它跃也跃不起来，如何会飞跃呢？

园中的映山红和紫竹都很鲜妍，但远不及山中野生的自然。

自池旁折向北，便是那后花园了。

我们一踏进后花园，便有一架紫藤呈在我们眼前。这架紫藤正在开花最盛的时候，一球一球重叠盖在架上的，俯垂在架旁的尽是花朵。花心是黄的，花瓣是洁白的，而且看上去似乎很肥厚的。更有无数的野蜂在花朵上下左右嗡嗡地叫着——乱哄哄地飞着。它们是在采蜜吗？它们是在舞蹈吗？它们是在和花朵游戏吗？……

我在架下仰望这一堆花，一群蜂，我便想象这无数的白花朵是一群天真无垢的女孩子，伊们赤裸裸地在一块儿拥着，抱着，偎着，卧着，吻着，戏着；那无数的野蜂便是一大群的男孩，他们正在唱歌给伊们听，正在奏乐给伊们听。他们是结恋了。他们是在痛快地享乐那阳春。他们是在创造只有青春，只有恋爱的乐土。

这种想象决不是仅我一人所有，无论谁看了这无数的花和蜂都将生出一种神秘的想象来。同我一块儿去的方君看见了也拍手叫起来，他向那低垂的一球花朵热烈地亲了个嘴，说道："鲜美呀！呀，鲜美！"他又说："我很想把花朵摘下两枝来挂在耳上呢。"

离开这架白紫藤十几步，有一围短短的冬青。绕过冬青，穿过一畦豌豆，又是一架紫藤。不过这一架是青莲色的，和那白色的相比，各有美处。但是就我个人说，却更爱这青莲色的，因为淡薄的青莲色呈在我眼前，便能使我感得一种平和，一种柔婉，并且使我有如饮了美酒，有如进了梦境。

很奇异，在这架花上，野蜂竟一只也没有。落下来的花瓣在地上已有薄薄的一层。原来这架花朵的青春已逝了，无怪野蜂散尽了。

我们在架下的石凳上坐了下来，观看那正在一朵一朵飘下的花儿。花也知道求人爱怜似的，轻轻地落了一朵在我膝上，我俯下看时，颈项里感到飕飕地一冷，原来又是一朵。它接连着落下来，落在我们的眉上，落在我们的脚上，落在我们的肩上。我们在这又轻又软又香的花雨里几乎睡去了。

猝然"骨碌碌"一声怪响，我们如梦初醒，四目相向，颇形惊诧。即刻又是"骨碌碌"地响了。

方君说："这是啄木鸟。"

临去时，我总舍不得这架青莲色的紫藤，便在地上拾了一朵夹在《花间集》里。夜深人静的时候，我每取出这朵花来默视一会儿。

戴望舒（1905–1950），生于浙江杭州，中国现代著名的诗人，为中国现代象征派诗歌的代表。诗集有《我的记忆》《望舒草》《望舒诗稿》《灾难的岁月》《戴望舒诗选》《戴望舒诗集》，另有译著等数十种。

巴黎的书摊

◇戴望舒

说是“访书”，还不如说在河沿上走走或在街头巷尾的各旧书铺进出而已。

在滞留巴黎的时候，在羁旅之情中可以算作我的赏心乐事的有两件：一是看画，二是访书。在索居无聊的下午或傍晚，我总是出去，把我迟迟的时间消磨在各画廊中和河沿上的书摊。关于前者，我想在另一篇短文中说及，这里，我只想来谈一谈访书的情趣。

其实，说是“访书”，还不如说在河沿上走走或在街头巷尾的各旧书铺进出而已。我没有要觅什么奇书孤本的蓄心，再说，现在已不是在两个铜元一本的木匣里翻出一本Patissierfranco-is的时候了。我之所以这样做，无非为了自己的癖好，就是摩娑观赏一回空手而返，私心也是很满足的，况且薄暮的赛纳河又是这样地窈窕多姿！

我寄寓的地方是Ruedel`Echaud é，走到赛纳河边的书摊，只须沿着赛纳路步行约莫三分钟就到了。但是我不大抄这近路，这样走的时候，赛纳路上的那些画廊总会把我的脚步牵住的，再说，我有一个从头看到尾的癖，我宁可兜远路顺着约可伯路、大学路一直走到巴克路，然后从巴克路走到王桥头。

赛纳河左岸的书摊，便是从那里开始的，从那里到加路赛尔桥，可以算是书摊的第一个地带，虽然位置在巴黎的贵族的第七区，却一点也找不出冠盖的气味来。在这一地带的书摊，大约可以分这几类：第一是卖廉价的新书的，大都是各书店出清的底货，价钱的确公道，只是要你会还价，例如旧书铺里要卖到五六百法郎的勒纳尔（J. Renard）的《日记》，在那里你只须化二百法郎光景就可以买到，而且是崭新的。我的加棱所译的赛尔房德里的《模范小说》，整批的《欧罗巴杂志丛书》，便都是从那儿买来的。这一类书在别处也有，只是没有这一带集中吧。其次是卖英文书的，这大概和附近的外交部或奥莱昂东站多少有点关系吧。可是这些英文书的买主却并不多，所以花两三个法郎从那些冷清清的摊子里把一本初版本的《万牲园里的一个人》带回寓所去，这种机会，也是常有的。第三是卖地道的古版书的，十七世纪的白羊皮面书，十八世纪饰花的皮脊书等等，都小心地盛在玻璃的书柜里，上了锁，不能任意地翻看，其他价值较次的古书，则杂乱地在木匣中堆积着。对着这一大堆你挨我挤着的古老的东西，真不知道如何下手。这种书摊前比较热闹一点，买书大多数是中年人或老人。这些书摊上的书，如果书摊主是知道值钱的，你便会被他敲了去，如果他不识货，你便占了便宜来。我曾经从那一带的一位很精明的书摊老板手里，花了五个法郎买到一本一七六五年初版本的DuLaurens的Imirce，至今犹有得意之色：第一因为Imirce是一部禁书，其次这价钱实在太便宜也。第四类是卖淫书的，这种书摊在这一带上只有一两个，而所谓淫书者，实际也仅仅是表面的，骨子里并没有什么了不得，大都是现代人的东西，与来骗骗人的。记得靠近王桥的第一家书摊就是这一类的，老板娘是一个四五十岁的老婆，当我有一回逗留了一下的时候，她就把我当做好主顾而怂恿我买，使我留下极坏的印象，以后就敬而远之了。其实那些地道的"珍秘"的书，如果你不愿出大价钱，还是要费力气角角落落去寻的，我曾在一家犹太人开的破货店里一大堆废书中，翻到过一本原文的ClelandFannyHill，只出了一个法郎买回来，真是意想不到的事。

从加路赛尔桥到新桥，可以算是书摊的第二个地带。在这一带，对面的美术学校和钱币局的影响是显著的。在这里，书摊老板是兼卖板画图片的，有时小小的书摊上挂得满目琳琅，原张的蚀雕，从书本上拆下的插图，戏院的招贴，花卉鸟兽人物的彩图，地图、风景片，大大小小各色俱全，反而把书列居次位了。在这些书摊上，我们是难得碰到什么值得一翻的书的，书都破旧不堪，满是灰尘，而且有一大部分是无用的教科书，展览会和画商拍卖的目录。此外，在这一带我们还可以发现两个专卖旧钱币纹章等而不卖书的摊子，夹在书摊中间，作一个很特别的点缀。这些卖画卖钱币的摊子，我总是望望然而去之的，（记得有一天一位法国朋友拉着我在这些钱币摊子前逗留了长久，他看得津津有味，我却委实十分难受，以后到河沿上走，总不愿和别人一道了。）然而在这一带却也有一两个很好的书摊子。一个摊子是一个老年人摆的，并不是他的书特别比别人丰富，却是他为人特别和气，和他交易，成功的回数居多。我有一本高克多（Coclc-au）亲笔签字赠给诗人费尔囊·提华尔（FernandDivoire）的LeGrundEcurt，便是从他那儿以极廉的价钱买来的，而我在加里马尔书店买的高克多亲笔签名赠给诗人法尔格（Fargue）的初版本Opera，却使我花了七十法郎。但是我相信这是他借给我的，因为书是用蜡纸包封着，他没有拆开来看一看；看见了那献辞的时候，他也许不会这样便宜卖给我。另一个摊子是一个青年人摆的，书的选择颇精，大都是现代作品的初版和善本，所以常常得到我的光顾。我只知道这青年人的名字叫昂德莱，因为他的同行们这样称呼他，人很圆滑，自言和各书店很熟，可以弄得到价廉物美的后门货，如果顾客指定要什么书，他都可以设法。可是我请他弄一部《纪德全集》，他始终没有给我办到。

可以划在第三地带的是从新桥经过圣米式尔场到小桥这一段。这一段是赛纳河左岸书摊中的最繁荣的一段。在这一带，书摊比较都整齐一点，而且方便也多一点，太太们家里没事想到这里来找几本小说消闲，也有；学生们贪便宜想到这里来买教科书参考书，也有；文艺爱好者到这里来寻几本新出版的书，也有；学者们要研究书，藏书家要善本书，猎奇者要珍秘书，都可在这一带获得满意而回。在这一带，书价是要比他处高一些，然而总比到旧书铺里去买便宜。健吾兄觅了长久才在圣米式尔大场的一家旧书店中觅到了一部《龚果尔日记》，花了六百法郎喜欣欣的捧了回去，以为便宜万分，可是在不久之后我就在这一带的一个书摊上发现了同样的一部，而装订却考究得多，索价就只要二百五十法郎，使他悔之不及。可是这种事是可遇而不可求的，跑跑旧书摊的人第一不要抱什么一定的目的，第二要有闲暇有耐心，翻得有劲儿便多翻翻，翻倦了便看看街头熙来攘往的行人，看看旁边赛纳河静静的逝水，否则跑得腿酸汗流，眼花神倦，还是一场没结果回去。话又说远了，还是来说这一带的书摊吧。我说这一带的书较别带为贵，也不是胡说的，例如整套的Echan-ges杂志，在第一地带中买只须十五个法郎，这里却一定要二十个，少一个不卖；当时新出版原价是二十四法朗的Celine的Voyageauboutdelanuit，在那里买也非十八法郎不可，竟只等于原价的七五折。这些情形有时会令人生气，可是为了要读，也不得不买回去。价格最高的是靠近圣米式尔场的那两个专卖教科书参考书的摊子。学生们为了要用，也不得不硬了头皮去买，总比买新书便宜点。我从来没有做过这些摊子的主顾，反之他们倒做过我的主顾。因为我用不着的参考书，在穷极无聊的时候总是拿去卖给他们的。这里，我要说一句公平话：他们所给的价钱的确比季倍尔书店高一点。这一带专卖近代善本书的摊子只有一个，在过了圣米式尔场不远快到小桥的地方。摊主是一个不大开口的中年人，价钱也不算顶贵，只是他一开口你就莫想还价：就是答应你还也是相差有限的，所以看着他陈列着的《泊鲁思特全集》，插图的《天方夜谭》全译本，Chirico插图的阿保里奈尔的Calligrammes，也只好眼红而已。在这一带，诗集似乎比别处多一些，名家的诗集花四五个法郎就可以买一册回去，至于较新一点的诗人的集子，你只要到一法郎或甚至五十生丁的木匣里去找就是了。我的那本仅印百册的JeanGris插图的Reverdy的《沉睡的古琴集》，超现实主义诗人GuiRosey的《三十年战争集》，等等，便都是从这些廉价的木匣子里翻出来的。还有，我忘记说了，这一带还有一两个专卖乐谱的书铺，只是对于此道我是门外汉，从来没有去领教过罢。

从小桥到须里桥那一段，可以算是河沿书摊的第四地带，也就是最后的地带。从这里起，书摊便渐渐地趋于冷落了。在近小桥的一带，你还可以找到一点你所需要的东西，例如有一个摊子就有大批N.R.F. 和Crassct出版的书，可是那位老板娘讨价却实在太狠，定价十五法郎的书总要讨你十二三个法郎，而且又往往要自以为在行，凡是她心目中的现代大作家，如摩里向克，摩洛阿，爱眉（Ayme）等，就要敲你一笔竹杠，一点也不肯让价；反之，像拉尔波，茹昂陀，拉第该，阿朗等优秀作家的作品，她倒肯廉价卖给你。从小桥一带再走过去，便每下愈况了。起先是虽然没有什么好书。但总还能维持河沿书摊的尊严的摊子，以后呢，卖破旧不堪的通俗小说杂志的也有了，卖陈旧的教科书和一无用处的废纸的也有了，快到须里桥那一带，竟连卖破铜烂铁，旧摆设，假古董的也有了；而那些摊子的主人呢，他们的样子和那在下面赛纳河岸上喝劣酒，钓鱼或睡午觉的街头巡阅使（Clochard），简直就没有什么大两样。到了这个时候，巴黎左岸书摊的气运已经尽了，你的腿也走乏了，你的眼睛也看倦了，如果你袋中尚有余钱，你便可以到圣日尔曼大街口的小咖啡店里去坐一会儿，喝一杯儿热热的浓浓的咖啡，然后把你沿路的收获打开来，预先摩娑一遍，否则如果你已倾了囊，那么你就走上须理桥去，倚着桥栏，俯瞰那满载着古愁并饱和着圣母祠的钟声的，赛纳河的悠悠的流水，然后在华灯初上之中，闲步缓缓归去，倒也是一个经济而又有诗情的办法。

说到这里，我所说的都是赛纳河左岸的书摊，至于右岸的呢，虽则有从新桥到沙德莱场，从沙德莱场到市政厅附近这两段，可是因为传统的关系，因为所处的地位的关系，也因为货色的关系，它们都没有左岸的重要。只在走完了左岸的书摊尚有余兴的时候或从卢佛尔（Louvre）出来的时候，我才顺便去走走，虽然间有所获，如查拉的L`hommeapproximatif或卢梭（HenriRousseau）的画集，但这是极其偶然的事；通常，我不是空手而归，便是被那街上的鱼虫花鸟店所吸引了过去。所以，原意去“访书”而结果买了一头红头雀回来，也是有过的事。

萧红（1911–1942），原名张迺莹，中国近现代女作家，代表作品有《生死场》《呼兰河传》。

春意挂上了树梢

◇萧　红

快乐的人们，不问四季总是快乐；哀哭的人们，不问四季也总是哀哭！

三月花还没有开，人们嗅不到花香，只是马路上融化了积雪的泥泞干起来。天空打起朦胧的多有春意的云彩；暖风和轻纱一般浮动在街道上，院子里。春末了，关外的人们才知道春来。春是来了，街头的白杨树蹿着芽，拖马车的马冒着气，马车夫们的大毡靴也不见了，行人道上外国女人的脚又从长筒套鞋里显现出来。笑声，见面打招呼声，又复活在行人道上。商店为着快快地传播春天的感觉，橱窗里的花已经开了，草也绿了，那是布置着公园的夏景。我看得很凝神的时候，有人撞了我一下，是汪林，她也戴着那样小沿的帽子。

“天真暖啦！走路都有点热。”

看着她转过“商市街”，我们才来到另一家店铺，并不是买什么，只是看看，同时晒晒太阳。这样好的行人道，有树，也有椅子，坐在椅子上，把眼睛闭起，一切春的梦，春的谜，春的暖力……这一切把自己完全陷进去。听着，听着吧！春在歌唱……

“大爷，大奶奶……帮帮吧！……”这是什么歌呢，从背后来的？这不是春天的歌吧！

那个叫花子嘴里吃着个烂梨，一只脚肿得把另一只显得好像不存在似的。“我的腿冻坏啦！大爷，帮帮吧！唉唉……”

有谁还记得冬天？阳光这样暖了！街树蹿着芽！

手风琴在隔道唱起来，这也不是春天的调，只要一看那个瞎人为着拉琴而挪歪的头，就觉得很残忍。瞎人他摸不到春天，他没有。坏了腿的人，他走不到春天，他有腿也等于无腿。

世界上这一些不幸的人，存在着也等于不存在，倒不如赶早把他们消灭掉，免得在春天他们会唱这样难听的歌。

汪林在院心吸着一支烟卷，她又换一套衣裳。那是淡绿色的，和树枝发出的芽一样的颜色。她腋下夹着一封信，看见我们，赶忙把信送进衣袋去。

“大概又是情书吧！”郎华随便说着玩笑话。

她跑进屋去了。香烟的烟缕在门外打了一下旋卷才消灭。

夜，春夜，中央大街充满了音乐的夜。流浪人的音乐，日本舞场的音乐，外国饭店的音乐……七点钟以后，中央大街的中段，在一条横口，那个很响的扩音机哇哇地叫起来，这歌声差不多响彻全街。若站在商店的玻璃窗前，会疑心是从玻璃发着震响。一条完全在风雪里寂寞的大街，今天第一次又号叫起来。

外国人！绅士样的，流氓样的，老婆子，少女们，跑了满街……有的连起人排来封闭住商店的窗子，但这只限于年轻人。也有的同唱机一样唱起来，但这也只限于年轻人。这好像特有的年轻人的集会。他们和姑娘们一道说笑，和姑娘们连起排来走。中国人来混在这些卷发人中间，少得只有七分之一，或八分之一。但是汪林在其中，我们又遇到她。她和另一个也和她同样打扮漂亮的、白脸的女人同走……卷发的人用俄国话说她漂亮。她也用俄国话和他们笑了一阵。

中央大街的南端，人渐渐稀疏了。

墙根，转角，都发现着哀哭，老头子，孩子，母亲们……哀哭着的是永久被人间遗弃的人们！那边，还望得见那边快乐的人群。还听得见那边快乐的声音。

三月，花还没有，人们嗅不到花香。

夜的街，树枝上嫩绿的芽子看不见，是冬天吧？是秋天吧？但快乐的人们，不问四季总是快乐；哀哭的人们，不问四季也总是哀哭！